CW00870644

COLLECTION FOLIO

Guillermo Cabrera Infante

Coupable d'avoir dansé le cha-cha-cha

Traduit de l'espagnol (Cuba)
par Albert Bensoussan,
Robert Marrast et Jean-Marie Saint-Lu

Gallimard

Ce recueil a été précédemment publié dans la collection Du monde entier.

Albert Bensoussan a traduit : Trois en un, *Une femme qui se noie*, Épilogue.
Robert Marrast a traduit : *Dans le grand ecbó*.
Jean-Marie Saint-Lu a traduit : *Coupable d'avoir dansé le cha-cha-cha*.

Titre original :
DELITO POR BAILAR EL CHACHACHÁ

Guillermo Cabrera Infante (1929-2005) est né à Gibara (Cuba). Journaliste précoce, collaborant dès l'âge de dix-neuf ans à la revue *Bohemia*, il fonde en 1959, dans le droit fil de la révolution castriste, le supplément littéraire *Lunes de Revolución*, qu'il dirige jusqu'en 1961. Il écrit des nouvelles qu'il publie en 1960, *Dans la paix comme dans la guerre*, dans lesquelles il a déjà construit l'essentiel du monde romanesque à venir : vie nocturne à La Havane, univers de prostitution « touristique », gangstérisme, musique cubaine, autant d'eaux-fortes sur la réalité crépusculaire de l'ère de Batista, avec un soupçon de subversion « fidéliste ». Homme de cinéma, il tient dans *Carteles* la rubrique hebdomadaire de critique qu'il signe du pseudonyme G. Cain — de Ca(brera) In(fante) — et il fonde et dirige la cinémathèque de Cuba. En 1963, il publie l'ensemble de ses chroniques sous un titre original : *Un oficio del siglo XX*.

En désaccord avec le régime, il est nommé en 1962 attaché culturel en Belgique pour l'éloigner de Cuba. En 1965, il rompt définitivement avec le castrisme et il s'exile, d'abord en Espagne, puis à Londres.

Entre-temps il publie son chef-d'œuvre, *Trois tristes tigres*, qui remporte en 1965 à Barcelone le prix Biblioteca Breve et à Paris, en 1970, le Prix du meilleur livre étranger. En Angleterre, Cabrera Infante partage son temps entre le cinéma pour lequel il écrit des scénarios (dont celui de *Wonderwall*), des collaborations à maintes revues et une œuvre littéraire féconde jalonnée par divers titres, dont *Orbis oscillantis*, et couronnée en 1979 par un second gros roman, *La Havane pour un Infante défunt*, qui, revenant une dernière fois sur l'enfance et Cuba, dans une poignante nostalgie et une admirable maîtrise, constitue en fait l'adieu à un territoire linguistique et culturel. Devenu citoyen britannique, Cabrera Infante écrit en anglais et publie en 1986 un roman intitulé *Holy Smoke*, édité en 2007 en français sous ce même titre. Paraissent ensuite, en espagnol, deux recueils de nouvelles, *Coupable d'avoir dansé le cha-cha-cha* (1995) et *Le miroir qui parle*. Il reçoit en 1995 le prestigieux prix Cervantes pour l'ensemble de son œuvre.

ALBERT BENSOUSSAN

Découvrez, lisez ou relisez les livres de Guillermo Cabrera Infante :

TROIS TRISTES TIGRES (L'Imaginaire n° 213)

À Miriam multiple

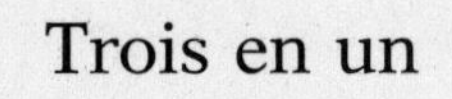

Trois en un

Il n'y a pas d'art sans étiquette et l'étiquette est maintenant minimaliste. Il ne s'agit pas du minimalisme littéraire, mais du minimalisme musical : cette musique répétitive à laquelle donne sens (mais pas direction) son infinie et fascinante répétition. Ce minimalisme est musicalement un *ostinato*. Autrement dit, la répétition d'une série apparemment inachevée de sons identiques et qui semblent divers parce que la mémoire musicale oublie. Ce sont des sonorités incantatoires.

La littérature répétitive tâche de résoudre la contradiction entre progression et régression en répétant la narration plus d'une fois. Il s'agit d'un jeu de narrations qui veut dépasser la contradiction entre réalité et fiction. Les fragments sont autonomes et d'égale valeur, mais l'auteur se réserve le droit d'exercer un certain déterminisme narratif. Les choses ne sont pas, elles arrivent, mais en littérature autorité vient d'auteur.

Je dois mentionner ici Frank Domínguez, compositeur de boléros, peut-être le musicien populaire cubain le plus raffiné des années cinquante.

Mais dans le boléro profond la solitude n'est qu'une douteuse compagnie. Ainsi le sentiment majeur produit par les boléros n'est pas l'amour mais l'amour du souvenir de l'amour, la nostalgie.

Les trois récits de ce livre sont faits de souvenirs. Deux se passent à l'apogée du boléro, le troisième après la chute dans l'abîme historique. Le temps est naturellement divers, mais l'espace, la géographie (ou, si l'on veut, la topographie : tous les chemins mènent à Amor) sont les mêmes. Les personnages sont interchangeables mais, dans le troisième récit, l'homme est plus décisif que la femme dans l'unique narration qui est, contrairement aux apparences, à la première personne. Bien que ses réflexions — en se regardant vivre dans un miroir dialectique — soient toutes littéraires ou rapportées à un seul livre. La ville est toujours la même.

Dois-je dire qu'elle s'appelle La Havane ?

Londres, janvier 1993

Dans le grand ecbó[1]

1. Cérémonie rituelle d'origine africaine, analogue au vaudou. *(N.d.T.)*

Il pleuvait. La pluie tombait avec fracas entre les colonnes vieilles et vermoulues. Ils étaient assis et lui regardait la nappe blanche. Il y avait autre chose que l'ennui de la pluie soudaine.

— Qu'est-ce que vous désirez manger ? demanda le garçon.

« Encore heureux qu'il n'ait pas dit : "Qu'est-ce que tu désires manger", pensa-t-il. Ce doit être à cause du pluriel. » Il lui demanda :

— Qu'est-ce que tu veux ?

Elle leva les yeux du menu. Sur la couverture de carton sombre on lisait « La Maravilla-Menu ». Ses yeux paraissaient plus clairs maintenant sous la lumière neigeuse qui venait du parc et de la pluie. « La lumière universelle de Léonard », pensa-t-il. Il l'entendit parler avec le garçon.

— Et vous ? — le garçon s'adressait à lui. « Ah ! Alors au singulier aussi ? Bien élevé, le type. »

— Quelque chose de simple. Il y a de la viande ?

— Non. C'est vendredi.

« Ces catholiques. Des gens de calendrier et d'interdictions. »

Il réfléchit un instant.

— Il n'y a pas de dispense ? demanda-t-il.

— Comment dites-vous ? demanda le garçon.

— Vous allez me donner des côtelettes de mouton. En grillade. Et de la purée de patates. Ah ! et un malt.

— Vous prendrez quelque chose, mademoiselle ?

« Et pourquoi si sûr de lui ? »

Elle dit : de la bière. « Ça c'est une femme. »

Tandis qu'on apportait le déjeuner il la regarda. Maintenant elle lui paraissait une autre femme. Elle leva les yeux de la nappe et le regarda : « Toujours son air de défi, pensa-t-il. Pourquoi n'as-tu pas une tête de vaincue aujourd'hui ? Tu devrais l'avoir. »

— À quoi penses-tu ? — demanda-t-elle, et sa voix avait un son curieusement doux, calme.

« Si tu savais. » Il dit :

— À rien.

— Tu m'étudiais ? demanda-t-elle.

— Non. Je regardais tes yeux.

— "Des yeux de chrétienne dans un visage de juive", cita-t-elle.

Il sourit. Il s'ennuyait légèrement.

— Quand crois-tu que le temps va se lever ? demanda-t-elle.

— Je ne sais pas, dit-il. Peut-être bien dans un an. Ou bien encore dans un moment. On ne sait jamais à Cuba.

Il parlait toujours ainsi : comme s'il venait d'arriver d'un long voyage à l'étranger, comme s'il était de passage, comme s'il était un touriste ou avait été élevé ailleurs. En réalité il n'avait jamais quitté Cuba.

— Tu crois que nous pourrons aller à Guanabacoa ?

— Oui. Y aller oui. Mais je ne sais pas s'il y aura quelque chose. Il pleut beaucoup.

— Oui. Il pleut beaucoup.

Ils cessèrent de parler. Lui regardait le parc au-delà des colonnes blessées, par-dessus la rue qui avait encore ses gros pavés et la vieille église couverte de plantes grimpantes : le parc aux arbres rabougris et rares.

Il sentit qu'elle le regardait.

— À quoi penses-tu ? Tu te rappelles que nous avons juré de nous dire toujours la vérité.

— J'allais te le dire de toute façon.

Elle s'arrêta. Elle se mordit d'abord les lèvres et puis ouvrit démesurément la bouche, comme si elle allait prononcer des mots plus grands que sa bouche. Elle faisait toujours cette mimique. Il lui avait conseillé d'éviter de la faire, ce n'était pas bien pour une actrice.

— Je pensais — il l'entendit et se demanda si elle commençait à parler ou si elle parlait déjà depuis un moment — que je ne sais pas pourquoi je t'aime. Tu es exactement le contraire du type d'homme dont j'avais rêvé, et pourtant je te regarde et je sens que je t'aime. Et tu me plais.

— Merci, dit-il.

— Oh ! — dit-elle agacée. Elle regarda de nouveau la nappe, ses mains, ses ongles sans vernis. Elle était grande et svelte et dans la robe qu'elle portait à présent, avec son grand décolleté carré, elle avait belle allure. En réalité ses seins étaient petits, mais la forme bombée de son thorax lui donnait l'air d'avoir un buste fort. Elle portait un long collier de perles fantaisie et se coiffait avec un haut chignon. Elle avait les lèvres égales et charnues et très roses. Elle n'employait pas de fard non plus, sauf peut-être une ombre noire autour des yeux, qui les rendait plus grands et plus clairs. À présent elle était fâchée. Elle ne parla plus jusqu'à la fin du repas.

— Le temps ne se lève pas.

— Non, dit-il.

— Autre chose ? dit le garçon.

Il la regarda.

— Non, merci, dit-elle.

— Pour moi, un café et un cigare.

— Bien, dit le garçon.

— Ah, et l'addition, s'il vous plaît.

— Oui, monsieur.

— Tu vas fumer ?

— Oui — dit-il. Elle détestait le tabac.

— Tu le fais exprès.

— Non, tu sais bien que non. Je le fais parce que j'aime ça.

— Il n'est pas bon de faire tout ce qu'on aime.

— Parfois, oui.

— Et parfois, non.

Il la regarda et sourit. Elle ne sourit pas.

— Maintenant je regrette, dit-elle.

— Pourquoi ?

— Comment, pourquoi ? Parce que je regrette. Tu crois que tout est si facile ?

— Non, dit-il. Au contraire, tout est difficile. Je

parle sérieusement. La vie est une besogne très difficile. Tout est difficile.

— Vivre est difficile, dit-elle. Elle savait où elle voulait en venir. Elle était revenue au point de départ. Au début elle ne parlait que de la mort, toute la journée, toujours. Puis il lui avait fait oublier l'idée de la mort. Mais depuis hier, depuis hier au soir exactement, elle avait recommencé à parler de la mort. Lui, cela ne l'ennuyait pas en tant que thème, mais cela ne l'intéressait qu'en tant que thème littéraire et, bien qu'il pensât beaucoup à la mort, il n'aimait pas en parler. Surtout avec elle.

— Ce qui est facile, c'est de mourir — finit-elle par dire. « Ah, l'y voilà », pensa-t-il et il regarda la rue. Il pleuvait encore. « Comme dans *Rashomon*, pensa-t-il. Il ne manque plus qu'un vieux Japonais fasse son apparition et dise : Je ne comprends pas, je ne comprends pas… »

— Je ne comprends pas, acheva-t-il à haute voix.

— Quoi donc ? demanda-t-elle. Que je ne craigne pas la mort ? Je te l'ai toujours dit.

Il sourit.

— Tu ressembles à Monna Lisa, dit-elle. Toujours avec ton sourire.

Il regarda ses yeux, sa bouche, la naissance de ses seins — et il se souvint. Il aimait se souvenir. Se souvenir, c'est ce qu'il y a de meilleur. Parfois il croyait que les choses ne l'intéressaient que pour pouvoir s'en souvenir ensuite. Cela, par exemple : ce moment exactement : ses yeux, les longs cils, la couleur jaune d'huile de ses yeux, la lumière reflétée par la nappe qui frappait son visage, ses yeux, ses lèvres : les mots qui en sortaient, le ton, le son bas et caressant de sa voix, ses dents, la langue qui parfois s'avançait jusqu'au bord de la bouche et se retirait rapidement : le murmure de la pluie, le tintement des verres, des assiettes, des couverts, une musique lointaine, méconnaissable, qui venait de nulle part : la fumée du cigare : l'air humide et frais qui venait du parc : il était tout entier à l'idée de savoir comment il se souviendrait exactement de ce moment.

C'était fini. Tout était là. Comme tout ce qui s'était passé la veille au soir.

— Nous partons, dit-il.

— Il pleut encore, dit-elle.

— Il va pleuvoir tout l'après-midi. Il est déjà trois heures. Et puis la voiture est tout à côté.

Ils coururent vers l'auto et y montèrent. Il sentit l'atmosphère le suffoquer à l'intérieur de la petite automobile. Il s'installa avec soin et mit le moteur en marche.

Ils roulèrent et s'éloignèrent des étroites, tortueuses rues de La Habana Vieja, les maisons vieilles et belles, certaines abattues sans pitié pour faire place à des espaces vides et asphaltés servant de parkings, les balcons de fer au travail compliqué, l'énorme, solide et bel édifice de la douane, le Muelle de Luz et la Alameda de Paula, caricature implacable, et l'église de Paula, avec son air de temple romantique inachevé et les fragments de muraille et l'arbre qui poussait sur l'un d'eux et Tallapiedra et son odeur de soufre et de chose corrompue et l'Elevado et le château d'Atarés, qui s'avançait sous la pluie, et le Paso Superior, gris, massif et l'entrelacs des voies ferrées, en bas, et de câbles à haute tension et de fils téléphoniques, en haut, et enfin la route libre.

— Je voudrais voir encore les photos, dit-elle enfin.

— Maintenant ?

— Oui.

Il tira son portefeuille et le lui tendit. Elle regarda en silence les photos à la faible lumière intérieure de l'automobile. Elle ne dit rien en lui rendant le portefeuille. Puis, lorsqu'ils eurent quitté la route pour prendre le chemin, elle dit :

— Pourquoi me les as-tu montrées ?

— Tiens, parce que tu les as demandées, répondit-il.

— Je ne parlais pas d'aujourd'hui, dit-elle.

— Ah ! Je ne sais pas. J'imagine que c'était un petit acte de sadisme.

— Non, ce n'était pas cela. C'était de la vanité. De la vanité et autre chose encore. C'était prendre tout à fait possession de moi, t'assurer que je t'appartenais par-dessus tout : par-dessus l'acte, le désir, les remords. Les remords surtout.

— Et maintenant ?

— Maintenant nous vivons dans le péché.

— C'est tout ?

— C'est tout. Cela ne te suffit pas ?

— Et les remords ?

— À leur place.

— Et la douleur ?

— À sa place.

— Et le plaisir ?

Il s'agissait d'un jeu. Maintenant il était entendu

qu'elle devait dire où résidait exactement le plaisir mais elle ne dit rien. Il répéta :

— Et le plaisir ?

— Il n'y a pas de plaisir, dit-elle. Maintenant nous vivons dans le péché.

Il tira un peu le rideau de toile cirée et jeta le cigare. Puis il lui fit un signe :

— Ouvre la boîte à gants.

Ce qu'elle fit.

— Prends le livre qui est dedans.

Ce qu'elle fit.

— Ouvre-le à la page marquée.

Ce qu'elle fit.

— Lis ça.

Elle vit écrit en grosses lettres : « Névrose et sentiment de culpabilité. » Et elle ferma le livre et le remit dans la boîte à gants et la ferma.

— Je n'ai pas besoin de lire quoi que ce soit pour savoir comment je me sens.

— Non, dit-il. Ce n'est pas pour savoir comment tu te sens, mais pourquoi tu te sens comme ça.

— Je sais bien pourquoi je me sens comme ça et toi aussi.

Il rit.

— Bien sûr que je le sais.

La petite automobile prit brusquement à droite.

— Regarde, dit-il.

Devant, à gauche, à travers la pluie fine, apparut un éblouissant petit cimetière, tout blanc, humide, champêtre. Il y régnait une symétrie aseptique qui n'avait rien à voir avec la décomposition et les vers de la pourriture.

— Que c'est beau ! dit-elle.

Il ralentit.

— Pourquoi ne descendrions-nous pas y faire un petit tour ? — Il lui lança un bref regard, un peu moqueur.

— Tu sais l'heure qu'il est ? Déjà quatre heures. Nous allons arriver quand la fête sera finie.

— Ah ! tu es embêtant, dit-elle en ronchonnant.

C'était l'autre face de sa personnalité : la petite fille. Elle était un monstre mi-femme mi-petite fille. « Borges aurait dû l'inclure dans son bestiaire, pensa-t-il. La femme-enfant. À côté du catoblépas et de l'amphisbène. »

Il aperçut le village et, à un croisement, arrêta l'auto.

— S'il vous plaît, où se trouve le stadium ? — demanda-t-il à un groupe dont deux ou trois personnes lui indiquèrent la direction avec tant de détails qu'il était sûr de se perdre. Un pâté de maisons plus loin il demanda à un policier, qui lui montra le chemin.

— Comme tous les gens sont obligeants ici ! dit-elle.

— Oui. Ceux qui vont à pied et ceux qui vont à cheval. Les vilains sont toujours obligeants envers le seigneur féodal. La voiture, de nos jours, c'est le cheval de jadis.

— Pourquoi es-tu si orgueilleux ?

— Moi ?

— Oui, toi.

— Je ne crois pas l'être du tout. Simplement, je sais ce que pensent les gens et j'ai le courage de le dire.

— C'est le seul que tu aies...

— Peut-être.

— Non, pas peut-être. Tu le sais bien...

— Bon. Je le sais. Je te l'ai dit dès le début.

Elle se retourna et le regarda attentivement.

— Je ne sais pas comment je peux t'aimer, lâche comme tu es, dit-elle.

Ils étaient arrivés.

Ils coururent sous la pluie jusqu'à l'édifice. D'abord il pensa qu'il n'y aurait rien, parce qu'il ne vit — au milieu d'autobus urbains et de quelques autos — que des jeunes gens en tenue de baseball, et avec la pluie on ne pouvait rien entendre. Lorsqu'il entra, il sentit qu'il avait pénétré dans un monde magique :

> il y avait cent ou deux cents Noirs habillés de blanc des pieds à la tête : chemises blanches et pantalons blancs et chaussettes blanches et la tête coiffée de casquettes blanches qui les faisaient ressembler à un congrès de cuisiniers de couleur et les femmes aussi étaient habillées de blanc et parmi elles il y avait quelques Blanches à la peau blanche et elles dansaient en rond au rythme des tambours et au centre un grand Noir déjà vieux mais encore solide et avec des lunettes noires de sorte qu'on ne voyait que ses dents blanches qui faisaient en quelque sorte partie aussi de la tenue rituelle et qui frappait le sol avec un long bâton de bois qui portait gravée sur la poignée une tête humaine noire et avec de vrais cheveux et c'était le jeu de strophe et d'antistrophe et le Noir aux lunettes noires

criait *olofi* et s'arrêtait pendant que le mot sacré rebondissait sur les murs et la pluie et il répétait *olofi* et chantait ensuite *tendundu kipungulé* et il attendait et le chœur répétait *olofi olofi* et dans l'atmosphère trouble et bizarre et en même temps pénétrée par la lumière froide et humide le Noir chantait encore *naní masongo silanbasa* et le chœur répétait *naní masongo silanbasa* et de nouveau il chantait de sa voix maintenant rauque et légèrement gutturale *sese maddié silanbaka* et le chœur répétait *sese maddié silanbaka* et de nouveau

Elle se colla à lui et lui murmura à l'oreille :

— Il a une présence du tonnerre !

« Le maudit argot de théâtre », pensa-t-il, mais il sourit, parce qu'il sentit son haleine sur la nuque, son menton qui reposait sur son épaule.

le Noir chantait *olofi* et le chœur répondait *olofi* et lui disait *tendundu kipungulé* et le chœur répétait *tendundu kipungulé* et pendant ce temps ils scandaient le rythme avec les pieds et sans cesser de tourner en formant une ronde serrée et sans sourire et sachant qu'ils chantaient pour les morts et qu'ils priaient pour leur repos et la paix éternelle et pour la tranquillité des vivants et ils attendaient que le guide répète encore *olofi* pour répéter *olofi* et reprendre à l'invocation qui disait *sese maddié*

— Olofi, c'est Dieu en lucumí — expliqua-t-il à la femme. Elle sourit.

— Que signifie le reste ?

« Je sais tout juste ce que signifie Olofi ! » pensa-t-il.

— Ce sont des chants aux morts. Ils les chantent aux morts pour qu'ils reposent en paix.

Les yeux de la femme brillaient de curiosité et d'excitation. Elle serra le bras de l'homme. La ronde allait et venait, infatigable. Il y avait des jeunes et des vieux. Un homme portait une chemise blanche, toute couverte de boutons blancs par-devant.

— Regarde ! lui dit-elle à l'oreille. Celui-là a plus de cent boutons sur la chemise.

— Chut, dit-il, parce que l'homme avait regardé.

> *silanbaka bica dioko bica ñdiambe* et il scandait le rythme en frappant le sol du bâton et sur ses bras et son visage coulaient de grosses gouttes de sueur qui mouillaient sa chemise et formaient des plaques légèrement sombres sur la blancheur immaculée de la chemise et le chœur répétait encore *bica dioko bica ñdiambe* et au centre près de l'homme d'autres hiérarques dansaient et répétaient les paroles du chœur et lorsque le Noir aux lunettes noires murmura reprenez ! il y en eut un près de lui qui entonna *olofi sese maddié sese maddié* et le chœur répéta *sese maddié sese maddié* tandis que le Noir aux lunettes noires frappait le sol du bâton et en même temps épongeait sa sueur avec un mouchoir également blanc

— Pourquoi s'habillent-ils de blanc ? demanda-t-elle.

— Ils sont au service d'Obbatalá, qui est le dieu de l'immaculé et de la pureté.

— Alors moi je ne peux pas servir Obbatalá, dit-elle pour plaisanter.

Mais il lui lança un regard de reproche et dit :

— Ne dis pas de bêtises.

— C'est vrai. Ce ne sont pas des bêtises.

Elle le regarda et puis lorsqu'elle reporta son attention sur les Noirs, elle dit, pour dissiper tout sous-entendu à ce qu'elle venait de dire :

— De toute façon, ça ne m'irait pas bien. Je suis trop blanche pour m'habiller de blanc.

et près de lui un autre Noir portait en suivant le rythme et avec quelque chose de vague qui rompait le rythme et le désintégrait ses doigts à ses yeux et il les ouvrait démesurément et les montrait de nouveau et accentuait ses mouvements lubriques et quelque peu désordonnés et mécaniques et qui pourtant semblaient dictés par une raison impérieuse et maintenant le chant se répercutait sur les murs et se propageait *olofi olofi sese maddié sese maddié* dans le local tout entier et parvenait jusqu'à deux jeunes garçons noirs en tenue de joueurs de base-ball et qui regardaient et qui écoutaient comme si tout cela était à eux mais qu'ils ne veuillent le reprendre et jusqu'aux autres spectateurs et il étouffait le bruit des bouteilles de bière et des verres au bar du fond et descendait l'escalier qui était formé par les gradins du stade et sautait au milieu des flaques formées sur le terrain de base-ball et avançait dans la campagne mouillée et sous la pluie parvenait aux palmiers distants et étrangers et continuait sa route jusqu'à la montagne et on aurait dit qu'il voulait s'élever par-dessus les collines lointaines et les escalader et couronner leur cime et continuer sa route plus haut encore *olofi olofi bica dioko bica dioko ñdiambe bica ñdiambe ñdiambe* et *olofi* et *olofi* et *olofi* et encore *sese maddié* et encore *sese maddié* et encore *sese* et encore *sese*

— Celui-là va être possédé par le saint, dit-il en montrant le mulâtre qui portait ses doigts à ses yeux exorbités.

— Et il est vraiment possédé ? demanda-t-elle.

— Bien sûr. Ce n'est qu'une extase provoquée par le rythme, mais ils ne le savent pas.

— Et il peut me posséder moi aussi ?

Et avant de lui dire que oui, qu'elle aussi pouvait être prise de cette ivresse par le son, il craignit qu'elle ne se jetât dans la danse et alors il lui dit :

— Je ne crois pas. Ces choses-là sont bonnes pour les ignorants. Pas pour des gens qui ont lu Ibsen et Tchekhov et qui connaissent Tennessee Williams par cœur, comme toi.

Elle se sentit légèrement flattée, mais elle lui dit :

— Ils ne m'ont pas l'air ignorants. Primitifs, oui, oui, mais pas ignorants. Ils croient. Ils croient à une chose à quoi nous ne pouvons croire, ni toi ni moi, et ils se laissent entraîner par cette chose et ils vivent conformément aux règles de cette chose et ils meurent pour cette chose et ensuite ils chantent pour leurs morts conformément aux chants de cette chose. Je trouve ça merveilleux.

— Pure superstition — dit-il, pédant. — Tout cela est barbare et lointain et étranger, aussi étranger que l'Afrique, d'où cela vient. Je préfère le catholicisme, avec toute son hypocrisie.

— Lui aussi est étranger et lointain, dit-elle.

— Oui, mais il a les Évangiles et il a saint Augustin et saint Thomas et sainte Thérèse et saint Jean de la Croix et la musique de Bach…

— Bach était protestant, dit-elle.

— C'est pareil. Les protestants sont des catholiques qui souffrent d'insomnie.

Maintenant il se trouvait léger, parce qu'il se trouvait plein d'esprit et capable de parler pardessus le murmure des tambours et des voix et des pas, et parce qu'il avait vaincu la peur qu'il éprouvait en entrant.

> et *sese* et encore *sese* et *olofi maddié olofi maddié maddié olofi bica dioko bica ñdiambe olofi olofi silanbaka bica dioko olofi olofi sese maddié maddié olofi sese sese* et *olofi* et *olofi* et *olofi olofi*

La musique et le chant et la danse cessèrent tout d'un coup, et ils virent deux ou trois Noirs empoigner par les bras le mulâtre aux yeux exorbités pour l'empêcher de heurter de la tête une des colonnes.

— Il est possédé, dit-il.

— Par le saint ?

— Oui.

Tout le monde l'entoura et on l'emporta vers le fond du bâtiment. Il alluma deux cigarettes et lui en offrit une. Lorsqu'il eut fini de fumer et qu'il fut allé vers le mur et qu'il eut jeté le mégot dans la campagne mouillée, il vit la femme noire, qui venait vers eux.

— Vous permettez, monsieur ? dit-elle.

— Comment donc ! — dit l'homme, sans savoir ce qu'il devait permettre.

La vieille Noire garda le silence. Elle pouvait avoir soixante ou soixante-dix ans. « Mais on ne sait jamais avec les Noirs », pensa-t-il. Son visage était petit, avec des os très délicats et une peau luisante aux multiples et minuscules rides autour des yeux et de la bouche, mais tendue sur les pommettes saillantes et le menton pointu. Elle avait des yeux vifs et joyeux et pleins de sagesse.

— Vous permettez, monsieur ? dit-elle.

— Dites, dites — dit-il et il pensa : « Vous allez voir qu'elle va me taper. »

— Je voudrais parler à mademoiselle — dit-elle. « Ah, elle croit qu'elle les lâchera plus facilement. Elle a raison, parce que moi je suis ennemi de toute charité. Elle n'est que la soupape de sûreté des complexes de culpabilité provoqués par l'argent », voilà ce qu'il pensa avant de dire :

— Bien sûr, comment donc ! — et avant de s'écarter un peu et bien avant de se demander avec inquiétude ce que la vieille pouvait bien vouloir.

Il vit la jeune fille écouter attentivement d'abord

puis abaisser son regard attentif du visage de la vieille Noire vers le sol. Quand elles eurent fini de parler, il s'approcha de nouveau.

— Merci beaucoup, monsieur, dit la vieille.

Il ne sut s'il devait lui tendre la main ou s'incliner légèrement ou sourire. Il choisit de dire :

— De rien. C'est moi qui vous remercie.

Il la regarda et vit que quelque chose avait changé.

— Partons, dit-elle.

— Pourquoi ? Ce n'est pas encore fini. Ça dure jusqu'à six heures. Les chants durent jusqu'au coucher du soleil.

— Partons, répéta-t-elle.

— Qu'est-ce qu'il y a ?

— Partons, *je t'en prie*.

— C'est bien, partons. Mais d'abord dis-moi ce qu'il y a. Qu'est-ce qui est arrivé ? Qu'est-ce qu'elle t'a dit, cette petite négresse ?

Elle lui lança un regard dur.

— *Cette petite négresse*, comme tu dis, n'est pas n'importe qui. Elle a beaucoup vécu et elle sait beaucoup de choses et si tu veux le savoir, elle vient de me donner une leçon.

— Oui ?

— Oui !

— Et on peut savoir ce qu'elle t'a dit, la pédagogue ?

— Rien. Elle m'a simplement regardée dans les yeux et de la voix la plus douce, la plus profonde et la plus énergiquement convaincante que j'aie entendue de ma vie, elle m'a dit : “Ma petite, cesse de vivre dans le péché.” C'est tout.

— Sobre et profonde vieille dame, dit-il.

Elle se dirigea brusquement vers la porte, se frayant un passage grâce à son air aimable au milieu des groupes de dévots, de tambourineurs et de fidèles. Il la rejoignit sur la porte.

— Un instant, dit-il, tu es venue avec moi.

Elle ne dit rien et se laissa prendre le bras. Il ouvrait la voiture lorsqu'un jeune garçon s'approcha de lui et lui dit :

— Docteu', pou' un pa'i, qu'est-ce qu'elle est la voitu'e ? Allemande ?

— Non, anglaise.

— C'est pas une 'enault, pas v'ai ?

— Non, c'est une MG.

— Je l'disais bien — dit le jeune garçon avec un sourire de satisfaction, et il rejoignit le groupe qu'il avait quitté.

« Comme toujours, pensa-t-il. Sans dire merci. Et ce sont ceux qui ont le plus d'enfants. »

Le temps s'était levé et il faisait frais et il conduisit avec précaution jusqu'à l'embranchement de la route. Elle n'avait pas ajouté un mot et lorsqu'il regarda vers le capot, il vit qu'elle était en train de pleurer, silencieusement.

— Je vais m'arrêter pour mettre la capote, dit-il.

Il se rangea sur un côté de la route et s'aperçut qu'il s'arrêtait près du petit cimetière. Lorsqu'il eut baissé la capote et tandis qu'il la fixait derrière elle, il eut l'intention de baiser sa nuque découverte, mais il sentit émaner d'elle une répulsion aussi puissante que l'attrait des autres fois.

— Tu étais en train de pleurer ? lui demanda-t-il.

Elle releva le visage et lui laissa voir ses yeux,

sans le regarder. Ils étaient secs, mais brillants et avaient une touche de rouge au coin.

— Moi je ne pleure jamais, chéri. Sauf au théâtre.

Cela lui fit mal et il ne dit rien.

— Où allons-nous ? lui demanda-t-il.

— À la maison, dit-elle.

— C'est définitif ?

— Plus définitif que tu ne peux croire — dit-elle. Alors elle ouvrit la boîte à gants, en tira le livre et se tourna vers lui.

— Tiens, dit-elle seulement.

Lorsqu'il regarda, il vit qu'elle lui tendait les deux photos — celle de la femme souriante et le regard sérieux, et celle de l'enfant, prise dans un studio, les yeux énormes et sérieux, sans sourire — et qu'il les prenait machinalement.

— Ils sont mieux avec toi.

Une femme qui se noie

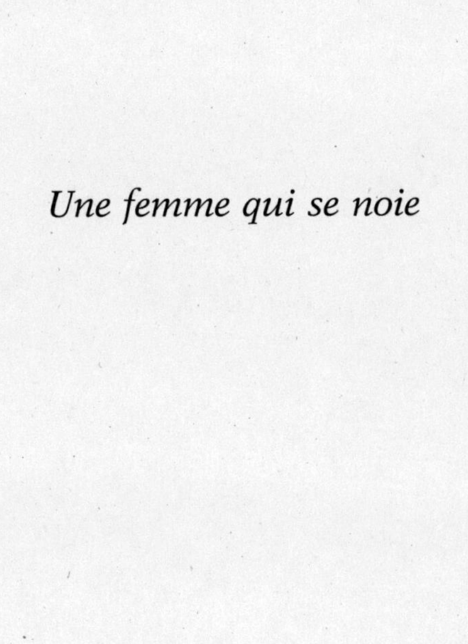

Il pleuvait encore. La pluie incessante frappait les vieilles façades écaillées et les colonnes rongées par le temps. Les maisons ressemblaient à des arches flottant dans un déluge local. Un seul couple était à l'abri simplement parce qu'ils étaient tous deux assis à une table d'un restaurant à la mode. L'homme regardait maintenant la nappe blanche comme si elle était imprimée. La femme était vêtue de blanc, tout comme le garçon qui vint prendre la commande dans un déploiement fleuri de plume, carnet et doigts. L'homme était brun mais ni grand ni joli garçon, et il était le seul à ne pas s'habiller de blanc : il aimait les couleurs sérieuses.

— Que vas-tu manger, toi ?

Elle leva les yeux du menu. Lui aussi blanc, mais avec une inscription verte sur la couverture qui tout à la fois trompait et détrompait : *Restaurant La Maravilla*. Ce n'était qu'un nom, certes, et quoique ce fût un restaurant ce n'était pas une merveille. Les yeux de la femme semblaient presque glauques à la lumière blanche des lampions qui venait de toute part. « La lumière universelle de Léonard », pensa l'homme tandis qu'il l'entendait parler avec le garçon dans un murmure théâtral ou étouffé par la pluie cinglant, comme de proches tambours, la verrière.

— Et vous, monsieur ?

C'était le garçon qui s'adressait maintenant à lui.

— Quelle viande y a-t-il ?

— Aucune, monsieur. Jamais le vendredi.

— Il n'y a pas de dispense ?

— Pardon ?

— C'est sans importance. Apportez-moi des côtelettes d'agneau.

— De l'agneau, c'est impossible.

— L'agneau aussi est péché.

— Je voulais dire que je n'en ai plus.

— Vous avez voulu. Mais vous ne l'avez pas dit.

— Pardon.

— Qu'y a-t-il aujourd'hui ?

— Seulement du poisson. C'est vendredi aujourd'hui.

— Cela, oui, vous l'avez dit.

— En effet.

— Apportez-moi du pagre avec...

— Il n'y a pas de pagre.

— C'est pêché ?

— Non, on n'a pas été livré.

— Qu'y a-t-il alors ?

— Comme poisson ? Du mérou, du mulet, du thon, de la bonite, du poisson-scie, du squale ou de l'espadon, de la dorade...

— Ça suffit. Apportez-moi une rouelle de scie grillée.

— Sûr que vous ne la voulez pas frite ? C'est très savoureux comme ça.

— Apportez-moi, *s'il vous plaît,* la scie *grillée.*

— Comme monsieur voudra. Et quoi d'autre ?

— Quoi, quoi d'autre ?

— Voulez-vous la scie seule ou accompagnée ?

— Avec de la purée.

— De pommes de terre ou d'un autre tubercule ?

« Comment diable cet homme sait-il ce qu'est un tubercule ? »

— De pommes de terre.

— Garni ou pas ?

— Ah, non, pas de salade !

Elle murmura : « Il va te cracher sur ta scie, tu sais ? » Mais il sourit seulement.

— Ah ! et puis une malta.

Comme l'homme n'était pas irlandais il ne voulait pas dire non plus du whiskey, mais une boisson légère faite de sucre brûlé et de malt, et qu'on appelle malta à Cuba. Tautologies tropicales.

— Veux-tu quelque chose à boire ? lui demanda-t-il.

« Je parie que si », pensa-t-il et elle dit qu'elle prendrait une bière, « puisqu'elle n'était pas mineure ». Tandis que le déjeuner arrivait il la regarda avec attention. « Elle n'était pas vierge non plus à cette heure. » Elle leva ses yeux de la nappe immaculée pour regarder les siens. « Doña Défi. Pourquoi ne sembles-tu pas vaincue à cette heure ? Tu devrais. Tu as compris ? »

— À quoi penses-tu ? voulut-elle savoir — et sa

voix parut étrangement doucement paradoxalement calme. « Si tu savais, petite, si tu savais. » Mais voilà ce qu'il lui dit :

— À rien. Rien de particulier.

— Tu m'examinais ?

— Je regardais tes yeux.

— "Des yeux de chrétienne dans un visage de païenne." La tête est à moi mais la phrase est de toi.

Il sourit. En réalité il était frappé, légèrement, d'ennui.

« Mourir d'envie ou mourir d'ennui. Il n'y a pas d'autre choix. »

— Quand crois-tu que ça va s'arrêter ?

— De pleuvoir ?

— Oui, bien sûr.

— Je ne sais pas. Dans un an ou dans deux minutes. On ne sait jamais dans ce pays.

Il parlait toujours ainsi, comme s'il venait d'arriver d'un long voyage à l'étranger. Ou comme s'il avait été élevé dans un autre pays.

Ou peut-être comme s'il était un touriste de passage. En réalité il n'avait jamais quitté Cuba ni même La Havane, mais il semblait être éternellement en visite.

— Quand pourrons-nous aller à Anabacoa ?

— *Gua*nabacoa.

— C'est ça.

— Je ne sais pas s'il y aura bien une séance ou pas.

— La pluie est *mucha*.

— Mucha, comme le peintre.

— Quel peintre ?

— Un que tu ne connais pas.

Ils cessèrent de parler d'un mutuel accord. L'homme regardait. Il regardait toujours. Il regarda : la place qu'entouraient les colonnes en perpétuelle décrépitude, le long de la rue coloniale empierrée de pavés bleus ; l'église encore plus vieille que la place avec sa façade devenue verte de moisissure et les rares arbrisseaux émaciés par le monoxyde de carbone. C'était un paysage maigrelet, livide. « Utrillo aurait donné sa vie pour se trouver là le pinceau à la main », pensa-t-il quelques instants avant de remarquer qu'elle le scrutait.

— À quoi penses-tu ? dit-il. Tu m'as promis de me dire la vérité, toute la vérité.

— J'allais te le dire, de toute manière. Je...

Elle s'arrêta. Elle se mordit la lèvre inférieure, puis ouvrit largement la bouche. Elle faisait souvent cette grimace. Il lui avait dit maintes fois de cesser de le faire : cela ne lui allait pas, cette expression outrée.

— Je pensais que... que je ne sais pas pourquoi je t'aime. Tu es exactement le contraire de l'homme de mes rêves.

— Qui est l'homme de tes rêves, Rock Hudson ? Je t'annonce que les femmes ne lui plaisent pas du tout.

Elle ne sourit même pas et elle poursuivit :

— Et pourtant je te regarde et je sens que je t'aime. Plus encore, tu me plais.

— Mille mercis, dit-il, pétulant.

— Je t'en prie ! dit-elle, agacée.

C'était son tour de regarder la nappe blanche

comme une nappe ouvragée. Puis elle regarda ses mains, ses doigts, plutôt : les ongles sans vernis, avec dix demi-lunes blanches surgissant au bord de chaque cuticule comme d'un horizon rose. Elle était grande et svelte et, dans la robe qu'elle portait avec son grand décolleté carré, elle était superbe. En réalité ses seins étaient petits, mais la forme bombée de son thorax lui faisait un buste fort. Elle portait un long collier de perles Majorica et se coiffait avec un chignon qui lui donnait un air antique et sévère. Pourtant son sourire était chaud et accueillant et ses lèvres étaient charnues, lisses, parfaites et roses, comme roses étaient aussi les gencives qu'elle montrait en riant. Ses dents s'accordaient aux perles. Elle n'utilisait pas de fard, sauf peut-être une ombre noire autour de ses longs yeux, rendant plus grandes et plus claires ses pupilles jaunes. C'était une femme vraiment belle.

Très fâchée, elle ne parla plus jusqu'à la fin du repas. Comme ils étaient seuls au restaurant (il aimait les salles à manger vides), on n'entendait que le son métallique des couverts sur la faïence qui se mêlait au bruit proche de la pluie et à la rumeur évanescente de la musique indirecte. « La musique parfaite, pensa-t-il. Comme Satie l'aimait : *la musique d'ameublement*. La musique aussi utile qu'une chaise et aussi impersonnelle. »

Quand ils eurent fini, le garçon desservit et disparut pour réapparaître et balayer la table avec une brosse et une petite pelle en métal blanc, puis il fit un rouleau de la nappe tachée, la remplaça par une nappe fraîche et s'en alla de nouveau.

L'homme sortit alors un stylo et se mit à dessiner sur la surface vierge de la toile ce qui semblait être une maison de poupées exécutée par un médiocre Le Corbusier des îles.

— Rien d'autre ? — dit le garçon en revenant soudain de l'intérieur, apparemment pour protester seulement de ses sourcils froncés contre ce que l'homme faisait à la nappe. Mais il ne dit rien à ce sujet.

— Non, merci, dit-elle.

— Vous m'apporterez un café, *bien serré*, et un *Ecce Homo*.

— Un quoi ?

— Un H. Upmann.

— Un cigare, donc.

— Ah ! et puis l'addition.

— Oui, monsieur !

Quand le garçon s'en alla, elle dit :

— Tu vas fumer ?

Elle détestait fumer mais elle détestait davantage encore la fumée des autres, comme sa mère. C'était une sorte de tabaversion par personne interposée.

— Bien sûr, dit-il.

— Eh bien ! Eh bien ! Et ma mère qui m'avait prédit que je finirais par épouser un petit homme au visage basané qui fumerait le cigare.

— Prophétique, la vieille, dit-il. Mais elle a échoué dans sa prédiction : nous ne nous sommes pas encore mariés.

— Tant mieux.

Il la regarda et sourit. Mais elle ne lui rendit pas son sourire.

— Si cela avait pu ne jamais arriver !

Il savait à quoi elle faisait allusion. Mais au lieu de l'éviter il le mit en évidence.

— Pourquoi ?

— Comment pourquoi ? Parce que. Tu crois toujours que tout est *si* facile.

— Au contraire. La vie est compliquée et difficile.

— Ce qui est difficile c'est de continuer à vivre après.

Elle pouvait suivre sa ligne de pensée aussi facilement que choisir la section d'une courbe, qui se révélera une droite. Elle était revenue à son train obscur, qui roulait toujours sur les mêmes rails vers un tunnel. À l'obscurité qui demeure à la fin.

— Mourir n'est pas un problème, dit-elle emphatiquement.

« Elle remet Le Sujet sur le tapis », pensa-t-il. Pour l'éluder il regarda la rue où il continuait de pleuvoir. Il pleuvait tellement qu'il s'attendit, au lieu de musique, à entendre dans les haut-parleurs la voix indirecte de Dieu lui ordonnant de construire un radeau avec la table et les chaises. Mais il n'était pas le père Noé. Il était incapable de faire la pluie et le beau temps. L'église au fond devint soudain un temple bouddhiste où s'abritèrent de la pluie du cinéma, douche louche, deux moines japonais. Comme au début de *Rashomon*, qu'il admirait, il voulut que l'un d'eux, aussi perplexe que lui maintenant, un sage zen, caché entre les colonnes, marmonnât devant la pluie : « Je ne comprends pas, je ne comprends pas. »

— Je ne comprends pas, dit-il à voix haute.

— Qu'est-ce que tu ne comprends pas ? Que je n'aie pas peur de la mort ?

Il sourit de son propre écart et de la confusion qu'il avait créée en elle. « Les imaginations sont dues aux perforations », pensa-t-il, et il se remit à sourire.

— Tu ressembles à Monna Lisa, toujours souriant.

— Avec ma moustache je ressemblerai à la Monna Lisa de Duchamp.

— De qui ?

— Un monsieur du champ en profondeur. Tu ne le connais pas. Il s'est consacré à peindre des moustaches sur toutes les Monna Lisa.

La fumée de son havane surgit bleue comme de ce pistolet fumant avec lequel l'assassin vient de faire mouche. La victime n'était pas encore tombée, elle tombait sans vie, tombait comme tombent les corps morts. Même les corps forts. En attendant, devant l'église fermée la pluie fouettait les arbrisseaux sans défense et transformait la place en étang : il pleuvait là-dehors, il pleuvait maintenant sur La Havane, il pleuvait sur Cuba. Il pleuvait sur tout l'hémisphère occidental. Pluie assommante parce que perpétuelle. Après-midi d'ennui. Ennui de tout. « Ennui d'abord, je t'abhorre. »

— Qu'est-ce que c'est ?

— Qu'est-ce que c'est quoi ?

— Ce que tu dessines.

— Ce n'est pas un dessin. C'est un croquis de jours de rêve.

— On dirait une maison.

— On dirait une maison mais c'est une prison, et c'est ce que sont toutes les maisons.

Elle se sentit blessée et fit mine de se lever.

— On s'en va ?

— Tu ne vois pas qu'il pleut partout sauf en ma maison ?

Mais en fait d'humour, elle avait plutôt le sens de l'amour :

— Et il va pleuvoir toute la sainte soirée, toute la nuit et jusqu'au matin, dit-elle en se mettant finalement debout.

— Assieds-toi ! ordonna-t-il presque furieusement. Je t'en prie. Assieds-toi et écoute, je vais te raconter une histoire.

Elle s'assit à nouveau et il rangea son stylo.

— Comme tu le sais, comme je crois que tu le sais, comme tu devrais le savoir : l'hôtel Presidente a toujours été le préféré des touristes. Peut-être en raison de sa façade élégante en briques rouges avec de la pierre rose, qui leur rappelle un *brownstone* natal, et leur intérieur de style Édouard. Le tout conçu par un architecte américain. Ou par qui on voudra. En tout cas, il y a quelques années, un couple est venu de New York loger ici — et il déplaça la salière et la poivrière de façon à en faire un couple de verre — pour une fin de semaine. Au moment de repartir il y eut un problème : la pluie qui ne cessait pas. La femme était plus impatiente que le mari de prendre l'avion du retour. Elle savait mieux que lui qu'ils étaient en retard et qu'ils louperaient l'avion. Elle se comportait comme si c'était le dernier avion, dans *Les horizons perdus*, et d'une certaine façon ça l'était. Avion ou pas avion, elle était plus inquiète que personne. Le portier, qui venait de refermer son parapluie parce que le temps s'était éclairci après qu'il avait plu toute la journée, leur dit de ne pas quitter l'hôtel encore. Quoique la pluie eût cessé la rue était noyée. "Comment noyée ?" demanda la femme, et le portier lui dit, en la lui désignant : "Inondée, madame. Ne le voyez-vous pas ?" Elle protesta : "Mais nous devons repartir !" Le portier haussa les épaules comme pour dire c'est votre affaire, madame, sans le lui dire. "Nous devons partir", expliqua-t-elle, et ce fut sa fameuse phrase finale, alors qu'elle aurait dû dire : "Je veux partir." Le mari devant et la femme derrière sortirent en portant leurs valises sur leur tête, essayant de franchir à gué l'inondation. La femme sourit de confiance quand elle vit que l'eau ne lui arrivait qu'aux chevilles. Soudain, avec ce sourire aux lèvres, elle disparut.

— Comment ça elle disparut ?

— Elle disparut pour toujours — et l'homme fit claquer son pouce contre son médius, en produisant un son final. — Ainsi ! Il ne resta d'elle que sa valise flottante.

— Je ne peux pas le croire !

— Crois-le. Ça s'est passé comme ça : la femme anxieuse avança un pied et le reste suivit. D'abord les pieds et les jambes et ensuite tout le corps. Elle était aussi mince que toi et elle fut avalée par les eaux. Emportée dans un égout ouvert. On ne retrouva jamais son corps. Le consul américain présenta son verdict au mari en guise de condoléances : *death by drowning*. Elle mourut noyée en tombant dans le trou d'un égout dont une vague avait arraché la plaque et elle fut jetée à la mer qui, comme tu le sais, n'est qu'à deux pâtés de maisons de l'hôtel et à trois de ce restaurant accueillant.

En épilogue à son histoire l'homme poussa la salière jusqu'à la faire tomber d'abord sur la nappe, puis sur le sol. Maintenant il ramassa un peu du sel répandu et l'éparpilla au-dessus de son épaule gauche, où il forma un fine pellicule. La femme vit seulement la salière qui tombait.

— Elle a disparu vraiment ?

— Pas comme cette autre femme désobéissante, Mme Loth, mais à l'inverse : elle fut transformée en eau, pas en sel. Quoique l'eau qui l'emporta vînt de la mer.

— C'est un rêve à toi, non ?

— C'est un idéal, mais ce n'est pas un rêve.

— C'est un de tes dessins d'humour noir.

— Je ne l'ai pas inventé. Crois-moi.

— C'est une allégorie.

« Messieurs les jurés, c'est moi qui vous ai appris ce mot. »

— Plus qu'une allégorie, une allégresse. Si toutes les femmes têtues pouvaient disparaître ainsi ! Elle fit la une de la presse. Même du *New York Times* qui qualifia l'événement de *misadventure*, ce qui ne veut pas dire mésaventure mais accident. *Accidente !* Tout cela fut l'œuvre de cette vieille magie blanche, l'hybris.

— C'est quoi ?

— *Hybris*. Arrogance en grec. Ou l'orgueil avant la chute.

— S'il en est ainsi tu aurais dû disparaître depuis longtemps.

Il sourit. Légèrement, mais il sourit.

— Tu t'en tires bien. Mais tu oublies que c'est toujours la femme qui disparaît d'abord. Ainsi finissent tous les mariages.

— Heureusement, nous ne sommes pas mariés. C'est toi qui l'as dit.

Il sourit encore.

— Ton sourire est hybride.

— Hybris.

— Hybride, hybris, c'est du pareil au même.

Elle jeta sa serviette sur la table.

— Je m'en vais.

— Tu t'en vas ? Toute seule ? Solitaire dans l'âme ?

— Corps et âme. Mieux vaut être seule que mal accompagnée.

« Une vulgarité, monsieur le juge, que je ne lui ai pas apprise. »

— La rue est noyée, je t'avertis.

— Je m'en fous. Si je dois disparaître, je disparais sur-le-champ. Adieu.

Il sourit, mais pas elle. Elle se leva, pour faire une fin, en rejetant sa chaise en arrière de son corps qu'il regarda, non sans désir. Elle prit son sac blanc et la voilà qui s'en allait, toute blanche mais non immaculée. Déjà elle s'en allait, gagnait la sortie et poussait l'une des portes de verre pour quitter le restaurant comme on entre dans un miroir. L'espace d'un moment son image virtuelle se refléta dans la surface hyaline et une jambe se posa d'abord, puis l'autre, sur la terrasse, et finalement tout son corps gracile. Son sourire encore sous sa moustache, il la vit partir et tordant la bouche il se dit en guise d'explication : « Un phénomène de parallaxe. » Mais de sa place il put crier en un murmure : « Attention aux égouts. »

Elle ne l'entendit pas. Ou fit comme si elle n'avait pas entendu. Elle traversait maintenant la terrasse boueuse pour descendre, mouillée, les trois marches qui menaient au trottoir. Mais elle s'arrêta avant de descendre tout à fait. L'eau noyait la rue et recouvrait le trottoir. Elle fut sur le point de revenir ou du moins de regarder en arrière comme pour demander secours avec les yeux. Mais elle ne le fit pas. Elle s'arrêta, immobile, pour un moment son corps parfait transformé en statue.

Puis elle mit un pied, le gauche, craintif, dans l'eau trouble et elle vit que le niveau lui arrivait au-dessus du haut talon. Elle retira son pied. Elle essaya maintenant avec le droit. L'eau ne parvenait pas à la semelle. C'était une eau sale mais peu profonde. Finalement elle descendit, décidée, sur le trottoir et se dirigea vers le bas de la rue. Elle ne regarda pas une seule fois en arrière.

Elle s'était engagée sur la proche avenue, appelée Calle Línea, celle qui est droite comme une ligne, semble-t-il, mais qui tirait son nom du tramway qui la traversait autrefois, ses lignes parallèles maintenant disparues. Mais pas le nom. La rue était plus inondée que le trottoir.

Elle ne portait pas de chapeau ni n'avait d'ombrelle parce que cela ne sert à rien : quand il pleut, à Cuba, il pleut vraiment. Sa robe, plus blanche dans la nuit, collait à ses formes. Sur l'asphalte, dans l'obscurité, dans les ténèbres plus noires que l'asphalte, elle vit un égout. La plaque se trouvait au milieu de la rue où elle formait un nid-de-poule, un tumulus noir, étrange mais pas menaçant : l'asphalte, fondu par le soleil et redevenu dur sous l'effet de la nuit, formait une gaine protectrice autour de la plaque d'égout. C'est alors (le hasard l'emportant sur la fatalité grecque) qu'elle vit un taxi placé en évidence dans une ville où les taxis ne se distinguent généralement pas des autres véhicules, excepté des camions.

Elle fit signe à la voiture providentielle et lorsqu'elle stoppa et qu'elle ouvrit la porte opaque, la vitre de la portière renvoya les lumières des lampadaires qui brillèrent comme de chastes étoiles. Elle entra dans le taxi qui démarra sous la pluie plus constante que son amant laissé en arrière. Deux des roues trébuchèrent sur le nid-de-poule et passèrent bruyamment sur la plaque d'égout. Rien ne bougea sauf elle, à l'intérieur du taxi, qui trembla bien que saine et sauve.

Coupable d'avoir dansé
le cha-cha-cha

Monsieur le juge, monsieur le juge,
monsieur le juge, si je suis coupable,
c'est d'avoir dansé le cha-cha-cha.

Chanson en vogue à Cuba vers 1956

Elle me regarda. Elle me regarda avec ses yeux couleur d'opale d'huile d'urine. Elle me regarda tout en mangeant et sourit. Elle mangeait avec une correction presque parfaite, n'était cette pratique américaine qui consiste à faire passer la fourchette de la main gauche à la droite pour porter la nourriture à la bouche. Moi qui suis toujours attentif aux petites perfections (le gazon bien soigné d'un parc, les chaussettes assorties au costume, la main sans bijoux) plus qu'aux grandes, j'aimais ses bonnes manières à table — me souvenant de ses mauvaises manières au lit. Elle mangeait la même chose que moi : haricots noirs, riz blanc, hachis à la créole et bananes vertes frites. Ce jour-là, nous buvions tous les deux de la bière, très froide. Il y avait également sur la table une salade d'avocats au citron pour deux, deux verres d'eau, et une corbeille avec du pain, sur le côté. Mais ce n'est pas tout. Entre elle et moi s'interposait tout un abîme d'objets. À gauche, les burettes avec l'huile et le vinaigre, la salière et le poivrier. De l'autre côté, un lourd cendrier de cristal taillé, et le sucrier assorti. Au milieu de tout cela se trouvait un vase de céramique, avec deux tournesols déjà fanés. Elle continuait à me regarder, continuait à me sourire, et je lui rendis son regard pardessus tout ce bric-à-brac, mais pas son sourire. Tout seul et en secret, j'essayai de jouer à deviner ses pensées, pour oublier la table voisine, mes voisins.

À quoi penses-tu ?

À toi.

À moi ? Et quoi donc ?

À toi et à moi.

Comment ça ?

À toi et moi ensemble.

Dans un canot de sauvetage ? Dans un satellite, même artificiel ? Au lit ?

Non, ne te moque pas. S'il te plaît, ne te moque pas. Non, s'il te plaît, ne te moque pas, s'il te plaît. À toi et moi, ensemble, toujours, toujours, toujours.

Pour de bon ?

Oui. Pour de bon, oui. Oui. Pourquoi ne m'épouses-tu pas ?

Je cessai de jouer — quel jeu dangereux ! —, je cessai de jouer à mon solitaire de dialogues. Sans filet, mesdames et messieurs, sans filet !

Les types de la table voisine s'étaient enfin fatigués de nous regarder (celui qui ressemblait à un Rudolph Valentino de couleur), de tambouriner sur la table (un apprenti joueur de bongo, blondasse, la figure pleine de points noirs) et de cracher sans arrêt (celui qui faisait la première voix dans ce chœur de bêtises à voix haute) et de boire de la bière ; ils payèrent et se levèrent. Ils partaient. L'un d'eux, en se levant, porta les mains à son entrejambe et se gratta. C'était celui qui crachait par terre. Mais celui qui prenait la table pour un tambour en fit autant. Puis le Valentino de Pogolotti (le seul endroit de Cuba qui rappelle l'Italie, mais c'est par son nom) se gratta lui aussi. Les parfaits Cubains. Qui crachent, jouent du tambour et se grattent les œufs, comme on appelle les testicules à Cuba. C'étaient des miliciens parce qu'ils étaient habillés en miliciens et je ne m'explique pas comment on avait pu leur servir à boire. Il leur est interdit de boire en uniforme — ou alors est-ce une supposition ? Non sans regarder une dernière fois vers notre table, ils s'en allèrent tous les trois, Valentino et Ramón Novarro plus John Gilbert réunis pour la première fois dans le même film, *Les trois cavaliers de l'époqualypse*.

Je la regardai et lui demandai (car *j'aime* le risque) à quoi elle pensait.

— Il est tard.

Je respirai, soulagé. J'avais cru qu'elle répondrait à toi et à moi.

— On a encore le temps.

Ça, c'était moi.

— Quelle heure tu as ?

Ça, c'est elle. Habanera grammaticale.

— Tôt.

— Non. Quelle heure il est ? S'il te plaît, je vais être en retard.

Je regardai ma montre. Mais pas les heures, la date.

— Neuf heures.

— Non, il est plus de neuf heures.

— Finis de manger.

— J'ai fini.

Elle se leva brusquement, son sac à la main. Je la regardai comme si c'était la première fois (c'était là sa grande qualité : je la regardais toujours comme si c'était la première fois que je la voyais et mon émotion était toujours aussi grande que la fois où je l'avais vue pour la première fois, que la première fois que je l'avais vue toute nue, que la première fois que nous avions couché ensemble) et je fus séduit par la simplicité avec laquelle elle s'habillait, par son élégance nerveuse, par la sveltesse de son corps.

Je me marierais bien avec elle.

— Tu t'en vas ?

— Oui, je ne suis pas en avance.

— Attends d'avoir mangé ton dessert.

— Je n'en ai pas envie.

Elle se pencha pour m'embrasser.

— Considère-moi comme ton dessert.

C'était moi, évidemment. Elle rit.

— Tu m'attends ici ?

C'était elle, et son sourire mélancolique : c'était elle.

— Bien sûr. Je vais prendre mon dessert et ensuite un café. Pourquoi est-ce que tu n'en prends pas un ?

— Tout à l'heure. Quand je reviendrai.

— D'accord. Moi je vais fumer un cigare et lire un peu.

— Alors à tout de suite, chéri.

— Reviens dès que tu as terminé.

Ma dernière phrase avait été la jumelle de son : Tu m'attends ici ? C'est de ce genre de tautologies tordues qu'est faite la conversation — et la vie aussi.

Je la vis s'en aller, grande, mince et blanche dans la nuit, sur le trottoir qui longe l'ambassade suisse, de son pas rapide, gracieux, en direction de la rue C. puis de la rue Línea avec une ponctualité et un sens du devoir qui m'émouvaient toujours, pour rejoindre le théâtre. Elle devait y jouer, longtemps après le début de la pièce, deux rôles différents (méthode géniale d'un metteur en scène d'importation, surnommé l'Inmondi, qu'il avait copiée sur celle du Berliner Ensemble) dans un médiocre opus de Bertolt Brecht qu'on était censé non pas regarder, mais vénérer comme s'il s'agissait d'un mystère médiéval. (Et qui donc me dit qu'il ne s'agit pas d'un vrai auto-sacramental ?) Mais ce n'est pas de Brecht que je veux parler (car je peux beaucoup parler de Bertolt, cet odieux personnage brechtien, qui a dit « être impartial ne signifie rien d'autre, en art, que d'appartenir au parti qui détient le pouvoir », c'est Bertolt Brecht, précisément, qui a dit ça), ce n'est pas de ce Shakespeare des syndicats que je veux parler, mais d'elle, qui doit maintenant suivre le trottoir de El Jardín pour aller faire ces pauvres exercices de propagande comme s'il s'agissait de Cordelia et de *fröken* Julie, siamoises d'un même rôle monstrueux. Elle s'était simplement rebellée (ou plutôt révélée) à propos d'un petit point d'éthique. À la fin, elle ne chantait pas *L'internationale* avec le chœur (et *L'internationale* n'entrait pas — sauf erreur — dans les plans de Brecht, qui demandait seulement des actualités avec des vues des « dernières révolutions », sur lesquelles le chœur subversif chanterait un hymne à l'obstination politique qui disait : « Qui donc peut dire *jamais* ? », et l'hymne prolétaire, comme les applaudissements des acteurs qui rendaient, reproduisaient de façon simiesque les applaudissements du public ou leur faisaient écho, tout aussi opportuns que les jeunes *pionniers* qui montaient sur scène offrir des bouquets de roses aux femmes et aux hommes, et à Cuba ! — où, traditionnellement, offrir des fleurs à un homme c'est laisser entendre, par une métaphore atavique, qu'il est de la pédale — de même que l'atmosphère du théâtre tout entière avec les chants révolutionnaires du public et l'image de la *ola* prolétaire que dessinaient les spectateurs en se donnant la main, bras tendus au-dessus de leur tête et en bougeant de droite et de gauche, comme de pensants roseaux marxistes plutôt que pascaliens : tout, ce qui s'appelle tout, était calqué sur ce qui se faisait ailleurs, en Union soviétique, en Chine — en Albanie ? —, comme la mise en scène de *La mère*, montée d'après le *Modellbuch*) parce qu'elle refusait d'entonner le vers qui dit *il n'y aura plus ni César ni bourgeois ni Dieu*. Lorsque l'assistant-metteur en scène lui avait demandé d'un air peu aimable : « Et peut-on savoir pourquoi, *compañera* », elle avait simplement répondu, en souriant : « Parce que je crois en Dieu. » Ce qui après tout n'était pas une excuse mais la vérité.

Je restai seul à la terrasse, à fumer et à boire de petites gorgées de café chaud tiède frais et finalement froid, jusqu'à ce que je finisse, sans m'en apercevoir, par prendre la tasse pour un cendrier, et lorsque je la portai à nouveau à mes lèvres je sentis ce goût de démolition dans la bouche, la saveur de la destruction, et je sus que de nouveau j'avais bu des cendres. J'ouvris mon livre. J'ai toujours un livre sur moi comme un prêtre a son bréviaire, sauf que n'importe quel livre est une bible pour moi (je pensai que si je n'étais pas né à Cuba, si j'avais reçu une éducation humaniste, si Varona était mort avant de réformer l'enseignement secondaire, trente ans plus tôt, j'aurais pu faire un bon jeu de mots, un yo-yo étymologique drôle, un voyage aller-retour en Grèce, *B.C. and back* sur cette toupie du temps verbal : bible, biblos, biblinos, lapis bibulus, lapsus labialis, labia, laburinthos, laborantibus, laboriosus, laborare, labefacere, etc., mais comme il est trop tard pour le faire et que je me suis souvenu du maître typographe qui m'a dit qu'il n'y avait pas un seul jeu de matrices en grec à Cuba j'ai laissé en paix la mémoire de Varona, philosophe des Caraïbes, éducateur insulaire, insularisé), ma bible. J'essayai en vain de lire. C'est quelque chose qui m'arrive souvent, je lis une ligne vingt fois, trente fois, je la relis encore et je n'y comprends rien, parce que ma distraction m'en fait perdre le sens, et je ne lis que des mots, dessins crochus et sons qui ne signifient rien.

Mon bréviaire était *La tombe sans repos*, livre qui m'avait sauté au visage parmi des tomes de droit criminel et canon, et des romans d'auteurs français de ce siècle mais oubliés, dans un vieux magasin d'antiquités qui maintenant vendait aussi des livres d'occasion achetés en gros à des gens en fuite. J'avais été tellement surpris par cette couverture moderne très laide, par son aspect de *paperback* prétentieux et par l'éloge démesuré qu'en faisait Hemingway (« Un livre qui n'aura jamais assez de lecteurs, même s'il en a beaucoup », ou quelque chose comme ça) que je décidai de l'acheter au prix exorbitant de dix centimes cubains et de devenir ainsi, par ce coup décidé que le hasard des lectures n'abolira pas, l'un des nombreux lecteurs inutiles qui perdent le repos en essayant de combler la mesure du possible (mais tous ensemble, hélas, nous ne serons jamais *assez*), tant qu'ils sont saisis par le charme sans merci du livre.

Une erreur souvent commise est de croire que les névrosés sont intéressants.

J'étais dehors, ayant fui l'air conditionné, car je sentais s'infiltrer dans mes sinus malaires les forces d'invasion d'un rhume, qui ne tarderaient pas à occuper d'abord une fosse nasale puis l'autre sans tirer un éternuement, envahiraient pharynx et larynx, investiraient les amygdales pour prendre ensuite les voies bronchiales, et feraient finalement capituler la centrale respiratoire par un véritable *blitzkrieg* infectieux. Enflammés par la chaleur de la victoire, et alors que les globules rouges étaient débordés et que les pâles, enfermés dans la poche microbienne, arboraient le drapeau blanc, les bacilles d'occupation créaient maintenant de grands camps d'extermination pour phagocytes, et brûlaient toute mon énergie dans le crématoire totalitaire de la fièvre.

Je regardai les tables vides (pire que vides — presque vides : au fond, sous l'une des lampes, il y avait un couple) les yeux remplis de larmes non pas sentimentales mais malades, qui estompaient les plates-bandes bien dessinées qui fermaient la terrasse et en même temps empêchaient de voir, de la rue, les convives occupés à leur exercice souvent obscène. Mes yeux, fatigués, franchirent les haies, je traversai derrière eux d'abord la rue Calzada puis la rue D., puis laissai mon regard se promener sans chaperon critique dans le parc, cette place remplie de ficus touffus (les Cubains romantiques les appellent *jagüeyes*, et lauriers les Cubains classiques), avec sa fontaine toujours à sec absurdement gardée par un Neptune détrôné, Poséidon exilé des eaux, qui avait été évoqué de façon proéminente dans un autre endroit de La Havane, plus près de la mer, en d'autres temps, dans un autre livre cubain oublié, avec la double pergola, une de chaque côté du parc, les jardins symétriques d'Académos où, au lieu de Platon et de ses disciples, se promenaient maintenant des petites bonnes péripatéticiennes, des miliciens épicuriens fidèles de Démocrite (c'étaient naguère de stoïques soldats rebelles, et auparavant encore de pharisaïques soldats batistiens qui venaient chercher ici la fraîcheur douce, chaude ou dangereuse des soirées insulaires, et qui rôdaient dans ces jardins, invisibles, et encore auparavant de socratiques *constitutionnels* ou leurs enfants, qui en passant s'exclamaient : « Naître ici est une indicible fête ! » et en disant *ici* ils voulaient dire dans le parc, à La Havane, dans l'île), de sophistes amateurs de parcs toujours en éveil, de pythagoriques vendeurs de billets de loterie criant leurs numéros, de somnolents propriétaires de chiens, cyniques, et ce qui chez nous ressemble le plus à Aristote : un chauffeur de taxi occasionnel qui bavarde avec son philosophique collègue (Plotin du volant) sur tous les sujets possibles à ce Lycée qu'est la station *une erreur souvent commise / intéressants. Il n'est pas intéressant d'être constamment malheureux* et je me souvins que j'avais jadis écrit une nouvelle qui se passait entièrement dans ce café-restaurant-cave pour riches et que maintenant je vivais dans ce restaurant-café-cave pour la nouvelle classe, deux ou trois riches attardés et quelques conspirateurs de café crème — et je me mis à méditer (je m'en aperçus en sentant ma main sous mon menton, pouce sur la parotide et index sur le front) sur l'abîme qui s'ouvre entre la vie et la littérature, toujours, qui est un vide entre deux réalités distinctes et, faillis-je penser, distantes.

Une erreur sou/ ise / Il / reux, refermé sur soi-même, de façon maligne (je pensai à Benigno Nieto, qui un jour m'avait dit en traînant les *r* : « Mon vieux, ce qu'il y a de terrhible c'est que juste comme nous commencions à nous installer dans la bourhgeoisie (à avoir une place au soleil, comme qui dirait), voilà la bourhgeoisie par terrhe et alorh maintenant il faut fairhe un tourh complet et rhepartir de zérho ! » Malin Nieto, est-ce que je ne t'ai pas expliqué que Mao appelle ça le Grand Bond en Avant ? *ou ingrate / jamais trop en contact avec la réalité.* Pauvrhe Beninno, où peux-tu bien être à présent avec tes èrrh à la Carpentier et tes histoires scandaleuses et légèrement pornographiques sur cette jument qui et ta théorie selon laquelle pour devenir écrivain il faut toujours quitter une île : Joyce, Césaire, le jeune Carpântier luimême ? « Tu oublies Sapho », dis-je, ou me semble-t-il avoir dit car juste à ce moment-là une blonde entra dans le champ de mes réflexions et j'oubliai Benigno et les îles littéraires pour me concentrer sur la navigation autour de cette île de chair. *No man is an island.* Sûr, mais une femme peut être tout un archipel. Je serai cartographe, pour vous servir. Appelez-moi Ptolémée ou si vous voulez, Tolémée — ou mieux encore, Juan de la Cosa. Don Juan de.

Taille moyenne, hanches larges, avec la version cubaine du chemisier : libre à la taille et ajustée sur les seins et les fesses — et si je parle comme ça, c'est qu'elle faisait preuve de la même franchise brutale et donnait une leçon d'anatomie animée, en marchant comme elle le faisait sur ses sandales avec une sensualité qui n'étonnait personne, poussant la porte vitrée d'un geste languissant démenti par un bras robuste, avançant une hanche puis l'autre entre les battants transparents (qui, en révélant son corps entier, firent de son entrée un rituel ou un pas de danse) comme si de l'autre côté l'attendait le ministère du sexe et non les créoles évidents qui se retournèrent tous en même temps quand elle monta les trois petites marches de la terrasse avec une lenteur et une difficulté toujours étudiées et causées maintenant par la soie tendue et célestine.

Je pensai aussitôt à quelque chose que j'avais lu cet après-midi-là dans la *Tombe* et qui n'était pas une épitaphe. C'était presque au début, me semble-t-il, et je me mis à le chercher. *Combien de livres Renoir a-t-il écrits ? / Qu'est-ce qu'un chef-d'œuvre ?* (tiens, ça m'intéresse) *Permettez-moi d'en citer quelques-uns. Les* Odes *et les* Épîtres *d'Horace* (l'un des rares poètes de l'Antiquité que j'aie lus, que je puisse citer, que je dois citer : « Les ruines me trouveront impavides »), *les* Églogues *et les* Géorgiques (j'ai lu des parties de *L'Énéide* partagé entre l'ennui et l'admiration pour Frazer) *de Virgile, le* Testament *de Villon* (suivent trop de livres que je n'ai pas lus, à l'exception des *Essais*), *les* Essais *de Mont / Il n'y a pas de douleur semblable à celle que deux amants peuvent s'infliger l'un l'autre / Le communisme est une nouvelle religion qui nie le péché originel* (comment peux-tu lire / transcrire ça ? Palinure, tu risques ma peau ! Un Cubain à la mer ! À bâbord ! Une fois dans l'eau, rien à faire. Ce qui est humiliant ce n'est pas la chute, mais les vêtements humides. À la troisième remontée je ne revis pas ma vie entière, mais simplement cette phrase : « Communiste, animal qui après avoir lu Marx attaque l'homme. » Elle est à toi, Cyril. Je te la laisse dans mon testament. Considère que je suis un autre Villon) *bien qu'il soit rare de rencontrer un vrai communiste qui ait l'air complet ou heureux* (ce qui n'est ni vrai ni faux mais tout le contraire : non, sérieusement : c'est vrai et c'est faux — mais... et les Chinois, qui, comme Núñez, se font toujours photographier en train de rire ? C'est la vérité dialectique. Quelqu'un m'a dit, Chilo Martínez, je crois, qui a été fonctionnaire à l'ambassade de Pékin, que Mao ordonne de sourire à tous les Chinois qui se font prendre en photo : six cents millions, non, un milliard de sourires par an : Ce soir, Monna Lisa contre Malthus, ce soir, le combat du Millénaire). *Au début mes amis furent Horace, Pétrone et Virgile* (mon premier vrai ami, mon premier complice, mon premier entremetteur, ce fut Pétrone : je lisais le *Satiricon*, à douze ans : regarde, d'une seule main ! À quoi servent aujourd'hui les classiques : quelle décadence ! ou quelles cadences !) *puis Rochester / Jésus fut un homme plein de prétention / . « Repos, tranquillité, quiétude, inaction, tels furent les degrés de l'univers, l'ultime perfection du Tao »* CHUANG TZU (citation d'une citation d'une citation) *Le secret du bonheur (et par conséquent du succès) c'est d'être en harmonie avec l'existence, d'être toujours calme / Mais le secret de l'art ? / Au moment où un écrivain pose sa plume* (pas sa machine à écrire ?) *sur le papier, il est de son temps / Un homme qui n'a rien à voir avec les femmes est incomplet / pigeon de Londres vole / Pascal (ou Hemingway ou Sartre ou Malraux)* (Raymond Chandler (ou Nathanael West ou Salinger ou William Burroughs)) *ORATE PRO NOBIS* (suit une liste de quatre suicidés : je ne la lis pas : je ne me pendrai pas cette nuit : je continue à chercher : retour au début) *Plus nous lisons de livres plus il nous paraît clair que la véritable fonction de l'écrivain est d'écrire un chef-d'œuvre, et qu'aucune autre tâche n'a d'importance* (À quoi bon continuer à lire, à chercher ? Bien souvent la dépression s'appelle reconnaissance.) Bon, après tout, la citation parle d'une fille qui marche devant Connolly ou Cyril, en sandales, avec la beauté du pied plat (plain serait mieux) sur le trottoir, les jambes montrant leur classique, leur antique beauté. Mais je me dis que cette citation ne m'est pas utile, car je ne marche pas derrière cette femme, il ne fait pas jour, le soleil ne donne pas vie à la scène — je suis plutôt cloué à cette vie artificielle, électrique, entouré de ces inutiles éclairs *contre* la nuit.

En voyant la fille s'asseoir au fond, visage tourné de mon côté, je pensai que je me marierais bien avec elle.

Je n'ai pas besoin de me marier avec elle pour savoir que ce n'est pas une blonde naturelle. Ni de la déshabiller. Ni même de m'approcher d'elle. Elle a un visage large, aux pommettes écartées et au menton carré et fendu. C'est un visage fort, avec de grosses lèvres proéminentes et un nez court, mais dont la base est haute. De profil, il doit ressembler à un nez grec. Nue, sortant du lit et des draps froissés, un pied par terre et l'autre encore sur le matelas, essayant de se couvrir avec le drap blanc qui un instant se transforme en toge, elle doit évoquer Cornelia, la mère des Gracques. Romaine. C'est ce qui est embêtant, car elle pourrait bien me traiter comme un autre Ptolémée.

Le huitième. En me regardant d'un air condescendant, avec ces yeux larges et humides, presque colloïdaux. Elle sourit en faisant sa commande au garçon et elle secoue la tête, sa chevelure, sa crinière à la mode, pour dire non tout en montrant un cou grâce auquel le vieux comte D. aurait fait, là-bas, dans sa Transylvanie, de miraculeuses et ancestrales transfusions. Je me marierais bien avec elle. Même avec des genoux carrés. Je parle des siens, pas des miens. STEKEL : « *Tous les névrosés ont le cœur religieux. Leur idéal est le plaisir sans la faute. Le névrosé est un criminel qui n'a pas le courage de commettre un crime.* » (Je pense à Pavese, qui a dit, juste avant de se tirer une balle : « Les suicidés sont des homicides timides. ») *Tout névrosé est un acteur qui joue une scène particulière* (non) (c'est en bas) (*En bas*) *C'est la maladie d'une mauvaise conscience.* (PLUS bas, merde !)

Une erreur souvent — 36 — commise avec les névrosés est — 36 — de supposer.

Au-dessus du bord de la page les lumières de l'Auditorium (aujourd'hui théâtre Amadeo Roldán) sont toutes allumées. Que peut-il y avoir ce soir ? Sûrement un concert. Dans un moment la salle à manger et la terrasse se rempliront des gens de l'entracte. Il y a déjà longtemps Teixidor a dit que les bourgeois allaient aux concerts de l'Auditorium pour pouvoir se reconnaître entre eux lors des entractes de El Carmelo. Cet axiome critique est-il applicable aux socialistes du théâtre Amadeo Roldán ? Musicalement, ils se ressemblent autant que Eng et Chan. Les bourgeois n'aimaient pas la musique cacophonique, la musique dodécaphonique perturbe les socialistes. *Pour épater le socialiste**[1].

Il n'est pas intéressant d'être toujours malheureux.

Elle défile entre les tables, parmi les dîneurs comme le sanglier intronisé lors du festin de Trimalcion, sous les regards des hommes et des femmes. Toujours suivie par ma caméra lucide, elle avance maintenant entre les livres (jadis elle aurait avancé entre des revues, sur le chemin qu'elle suit maintenant) :

TIME *Life* *Look*
Life en espagnol
Newsweek *See*
True *The Atlantic*
Post *Collier's*
Coronet Pageant *US World Report* *Fortune*
Confidential *Police Gazette* *Photoplay* *Screen Stories*
True Confessions *True Detective* *True Romance* *U.S. Camera*
Vogue *Harper's Bazaar* *Seventeen* *Mademoiselle* *Cosmopolitan*

et qui est aujourd'hui un défilé de livres qu'elle franchit :

Fable du requin et des sardines, Histoire du Manifeste communiste, Dix jours qui ébranlèrent le monde, Jours et nuits, Pensées du Président Mao, Les hommes de Panfilov, La route de Volokolansk, Un homme véritable, Ainsi l'acier fut forgé, Chapaïev, Que faire ? et *Œuvres complètes* — abrégé — de V. I. Lénine, ces trois derniers ouvrages

1. Les mots en italique suivis d'un astérisque sont en français dans le texte.

édités en URSS. Un autre parallèle diviseur ? En 1929 des dizaines de milliers de Cubains décorèrent la ville et remplirent de roses de papier les rues de La Havane par où devait passer, dans une voiture décapotable, un pilote qui avait réalisé un exploit humain, mais qui se présentait comme un héros grec : WELCOME LINDBERGH, disaient des centaines d'affiches, de placards, de tracts, et durant trois jours la ville fut en fête, toute joyeuse du triomphe de l'aviateur américain, réservé et dédaigneux. En 1961 des centaines de milliers de Cubains décorèrent la ville, remplissant de banderoles, de slogans et de petits drapeaux multicolores les avenues de La Havane par où devait passer, dans une voiture décapotable, un pilote qui avait réalisé un exploit scientifique, mais qui se présentait comme un dieu grec : DOBRO POSHALOBAT GAGARINU, disaient des milliers d'affiches, de placards, de tracts, de banderoles et de pancartes, ce salut écrit parfois en caractères cyrilliques, parfois d'une écriture malhabile ou tout juste acquise, où des *n* rapides semblaient se russifier, et durant trois jours la ville fit une fête débridée pour le triomphe du cosmonaute soviétique, petit, extraverti, et dédaigneux) et je sens presque ses talons se planter comme de véritables stylets dans ma chair tumescente, résonner encore à travers les vitres, frapper sèchement le sol de granit, ses jambes quasiment à portée de ma main savante qui n'essaie même pas de rompre l'illusion d'intimité que donne le verre propre et transparent, avant que ses jambes et elle-même se perdent derrière la porte, et dans l'escalier qui mène à cet endroit au nom délicieusement ambigu : le petit coin des dames. S'en occuper aurait été un métier enviable (mais sans grand avenir, car peu de temps après, tout comme plus tôt bien des *dames* s'étaient converties en *ladies*, les *femmes* devinrent des *compañeras* — le petit coin des compa... c'est presque aussi grotesque que la formule socialiste inventée pour remplacer la formule sociale Mme Untel, du nom de son mari, qui s'appelle maintenant la *compañera* du *compañero* !). Ce chaînon retrouvé est de haute taille, avec des jambes et des chevilles longues, des cuisses incurvées qui servent de modèle (ou les copient ?) aux voitures de sport, des genoux ronds comme des ballons, de grandes fesses expansives qui sont à deux doigts d'exploser dans cette robe qui est plutôt un moulage de coton des formes pour le sexe, créées pour jouir jusqu'au dernier détail grossier et sensuel et cubain, du petit ventre rond type Cranach, qui s'exhibe à l'égal de ses seins hauts, grands, ronds, luisants, pneumatiques, et sa bouche très peinte, très humide, très proéminente (une bouche dont tous les Cubains savent et disent qu'ils savent pourquoi elle est faite, comme si la nature était une mère maquerelle) et ses yeux noirs et ses cheveux noirs (peut-être teints en noir) et son nez qui se dilate puis se contracte à chaque pas de ses pieds, de ses jambes, de son corps. Elle ne regarde personne, elle ne regarde rien, parce qu'elle sait que tous la regardent.

Je l'épouserais illico, et sans y réfléchir à deux fois !

/ *refermé sur soi-même, de façon maligne ou ingrate et jamais en contact avec la réalité. Les névrosés n'ont pas de cœur* /

Les lumières qui ourlent le livre s'éteignent, se rallument, clignotent et finissent par se transformer en lampes de lecture. Les gens ont commencé à sortir du concert. Interlude connu. Ils débordent du hall. Inondent la rue. Submergent El Carmelo / *refermé sur soi-même, de façon maligne ou ingrate et jamais en contact jamais trop en contact avec la réalité* / Le calme provincial de la soirée explose dans le vacarme public, et plus qu'exploser, la vesprée voit sa quiétude naturelle se faire dévorer par le lent léviathan humain. On dirait du Shakespeare. Je me sens tout à coup rougir parce que je dois l'avoir pensé si haut que tout mon visage le proclame. Je me corrige. C'est du William Shakeprick. Trop tard. L'hybris en est jeté, comme si c'était un dé. Maintenant le châtiment d'une voix de tonnerre résonne dans les hauteurs et l'éclair invisible d'une tape sur l'épaule manque me jeter à terre. Mais ce ne sont pas les dieux, c'est simplement le folklore.

— Guillermo Shakespeare !

Il a dit très clairement Sha-kes-pe-a-re. La voix appartient à quelqu'un de connu qui dit curture, éducationné, intellectuel. Pour rire.

Ou plutôt pour parler le langage vernaculaire. Je n'ai même pas besoin de me retourner.

— Ouais.

Il se baisse presque pour me faire face. Si c'était une femme, je dirais *She stoops to conquer*. Dommage qu'il ne soit pas un salaud.

— Comment ça, ouais ? Tu t' rappelles pus d' tes vieux amis ?

— Comment pourrais-je les oublier ?

— Voyons un peu, qui suis-je ?

— Ludwig Feuerbach.

La religion n'est rien d'autre que la conscience de l'infini de la conscience en train de penser Ludwig en train de penser Feuerbach n'est rien d'autre que le fini de la conscience que la religion n'est rien d'autre que la conscience de l'infini de la conscience en train de penser je ne suis rien d'autre que l'infini d'être en train de penser que Ludwig Feuerbach n'est rien d'autre que le fini de la conscience que la religion n'est rien d'autre que la conscience de l'infini de la conscience jusqu'à l'infini, etc.

— Quoi ?

— Lou Andreas Feuerbach.

— Pas aussi bizarre, mon p'tit vieux.

— Offenbach.

Il rit. Il fait un geste.

— Bach.

Il rit encore plus.

— Tu changeras jamais.

Il rit encore, bien qu'il n'ait pas voulu me traiter de comique. Il sourit maintenant.

— Toujours avec les mêm' blagues, les mêm' jeux d' mots, la mêm' attitude. Qu'est-ce que t'attends pour changer ?

— La fin de la philosophie classique allemande.

— C'est ça qu' t'attends ?

— J'attends en fumant.

Il se rend soudain compte. L'*Homo sapiens* s'efface devant l'*Homo amarus*.

— Dommage ! J'avais cru que l' socialisme t' changerait.

— Ah, mais tu es socialiste, toi ?

— Marsite léninite. La patrie ou la mort, mon frère.

— J'en suis heureux pour toi.

Mais pas pour le socialisme, pensai-je.

— Et toi ?

Je pensai lui répondre que durant longtemps Groucho, Harpo et Chico avaient été pour moi les seuls Marx possibles. Je veux dire que j'ignorais l'existence de Zeppo et Gummo Marx. Je ne fis que le penser.

— Tu n'as pas encore fait ton diagnostic ?

Ici, le médecin c'est toi.

Il rit. Mais c'est vrai. Je l'avais connu en terminale. Je l'avais perdu de vue mais pas de nom. Du lycée il était passé à l'université et de la faculté de médecine à la morgue comme auxiliaire du légiste, puis il s'était établi à son compte comme (c'est le nom qu'il avait lui-même donné un jour à sa profession) avortologue, et il était parfaitement content comme ça. Pour lui, que la mort se situe au début ou à la fin de la vie, c'était du pareil au même. Il rit encore. Il rira encore longtemps. Aujourd'hui il dirige un hôpital, ensuite il sera vice-ministre de la Santé, ensuite encore ambassadeur. Il durera. Les hommes comme lui durent — bien qu'ils durent davantage grâce à Nietzsche qu'à Marx. « Seul dure ce qui est trempé de sang », a dit Friedrich Nietzsche. Frédéric Nietzsche. Nische. Niche. Maintenant, lui, il est bien plus que le folklore, il est le peuple.

— On t' laissera la vie, *compañerito*.

Que vous disais-je ?

— Pour l'instant. On a besoin des intellétuels d'avant. Mais laisse-nous un peu fo'mer nos p'op'es cad'es, ce jou'-là les intellétuels bou'geois comme toi dev'ont fout'e le camp su' la côte en face.

Je n'ai pas à faire ma biographie. Mon autobiographie. Ce strip-tease historique me gêne. Et encore plus devant ce notable scientifique cubain, qui est une présence obscène. Ce serait vraiment impudique. Si c'était une autre personne que j'affrontais, je lui raconterais ma vie en ces termes classistes qui sont à la mode. Je suis un bourgeois qui a vécu dans un pays — les statistiques ont été publiées par *Carteles* en 1957 — où 12 % seulement de la population mangeait de la viande, et ce bourgeois en fit partie jusqu'à l'âge de douze ans, époque à laquelle il émigra avec sa famille pour s'installer dans la capitale, sous-développé physique, spirituel et social, avec des dents pourries, sans autre linge que celui qu'il avait sur le dos, avec des boîtes en carton pour valises, qui vécut, à La Havane, les dix années les plus importantes dans la vie d'un homme, son adolescence, dans une chambre misérable où il partageait avec son père, sa mère, son frère, deux oncles, une cousine, sa grand-mère (on dirait presque la cabine de Groucho dans *Une nuit à l'opéra* mais là ce n'était pas pour rire) et les visiteurs occasionnels de la campagne, une seule pièce équipée de toutes les commodités imaginées par la civilisation bourgeoise : cuisine intégrée, salle de bains intégrée, lits intégrés, et quelques autres commodités inimaginables, qui put mettre son premier costume (ordinaire) parce qu'un ami de la famille compatissant le lui avait donné, qui à vingt ans ne pouvait rêver d'avoir une petite amie parce qu'il était trop pauvre pour ce luxe occidental, qui étudia dans des livres qui lui étaient prêtés ou offerts, qui entra en douce dans ce théâtre juste en face pour y entendre ses premiers concerts et y voir ses premières pièces et ses premiers ballets, qui vécut pendant sept ans avec un frère tuberculeux dont le talent de peintre fut détruit par la maladie et la misère, pendant que son père, entièrement dévoué à l'idéal communiste, se laissait exploiter en travaillant comme journaliste non pas au *Diario de la Marina*, épitomé de la presse bourgeoise, mais à *Hoy*, paradigme du journalisme socialiste, qui se maria alors qu'il gagnait un salaire de misère et dut partager un deux pièces avec sa vieille famille — dans son intégralité — et sa nouvelle famille, qui s'intégrait, et voilà presque toute la biographie (racontée avec autant de dégoût pour cette réalité oubliée que pour les points et les virgules qu'il ne faudrait pas oublier) de cet intellectuel bourgeois, décadent et cosmopolite qui dut renoncer à faire une carrière universitaire parce que le seul salut possible de sa famille était dans le travail le plus mal payé et le plus écrasant pour quelqu'un qui aimait la lecture : correcteur d'épreuves dans une publication capitaliste. Corrompu et exploiteur, ça va sans dire.

S'il avait été quelqu'un d'*autre* je lui aurais dit tout cela, ou peut-être me serais-je tu, comme tant de fois auparavant. La correction d'épreuves est un grand entraînement pour la carrière de l'anonyme. S'il avait été *une* personne, peut-être l'aurais-je invité à s'asseoir et à prendre quelque chose. Je crois que ce qui suit fut le seul éclair de lucidité bourgeoise que devait avoir mon hôte non invité de toute la soirée :

— Je ne reste pas là où je ne suis pas invité.

Il s'en allait.

— Salut.

— À t'ès *bientôt, compañerito*.

Était-ce une menace ? Ça se pourrait, ça se peut, tout est possible à l'homme socialiste, comme a dit Staline. Ce pouvait être une menace et j'allais sortir mon Connolly (chaque fois que j'entends le mot pistolet je sors mon livre) mais je n'allai pas jusque-là parce que mon cauchemar passé n'avait pas parlé de violence physique, parce que je n'y pensais pas vraiment alors et parce qu'à la paranoïa critique j'oppose toujours la schizophrénie érotique. Des merveilles venaient d'entrer. Toutes m'entouraient. L'Alice mâle au jardin (ou au Carmel) des merveilles.

À propos de merveilles, il y en avait une petite, blondette (les diminutifs sont comme les éléphants, contagieux) avec des cheveux longs réunis en une seule grosse tresse, en sandales elle aussi (qui rendaient, les sandales et les jambes, non le livre, la nuit palinurique), avec un cou, des mains et un visage de ballerine, qui entra en marchant comme une ballerine et qui s'assit comme une ballerine. Ce devait être une ballerine. J'aurais bien dansé avec elle un pas de deux horizontal et après je l'aurais épousée. Il y avait une autre merveille sur ma gauche, mulâtresse, avec une coiffure très sévère, celle-là, mais trahie par sa bouche sauvage qui donnait à son visage l'aspect d'un fruit défendu. Je cherchai dans les branches de cet arbre de la science sexuelle un serpent entremetteur qui pût me présenter : j'aurais épousé cette Ève actuelle même au risque de créer le péché originel du communisme. Il y avait aussi une grande merveille avec laquelle j'aurais déjà été en train de me marier si à ce moment-là n'était entré, interrompant la marche nuptiale, le visiteur que je souhaitais le moins voir. Par comparaison, même le précédent était agréable. Il arriva en ondulant. C'est vers moi qu'il s'avançait, aucun doute possible. Un commissaire des Arts et des Lettres me rendait visite sur les ruines de mon sanctuaire.

Il portait comme d'habitude des chaussures (avec lui il fallait commencer par les chaussures : il était *fou* de chaussures) ou plutôt des mocassins de daim vert foncé, de forme italienne. Il avait un costume avec un pantalon sans revers, de soie brute gris charbon, une chemise bleu acier et une cravate (Jacques Fath, naturellement, achetée lors de son dernier voyage officiel à Paris) bleu cobalt avec trois fines raies horizontales noires. Sa veste était jetée sur ses épaules, comme une cape, et en traversant la terrasse il me faisait penser à Bette Davis dans *Now Voyager*. J'ai dit qu'il était arrivé en ondulant et j'ai failli écrire en onculant, par une erreur de la main qui était une réussite de l'œil. Il arriva enfin près de ma table, souriant, tondu de frais et bien rasé. Il avait un air net et je perçus qu'il sentait bon, bien que mon odorat eût depuis longtemps capitulé. (*L'air du temps*, rien de moins.)

— Bonsoir.

— Ouais.

C'était mon meilleur salut ce soir-là. Mais il s'assit, en dépit de sa bonne éducation, souriant encore, tâtant le terrain, très diplomate. D'un geste suave il salua une connaissance et de nouveau se tourna vers moi. Il souriait, il souriait beaucoup, il souriait trop. Que cela ne vous étonne pas : n'avez-vous pas observé qu'au cinéma ce sont les méchants qui sourient les premiers, qui sourient les derniers, qui sourient toujours, même quand ils ont la balle justicière dans le ventre ? S'il n'était pas aussi gros — son goût pour la bonne chère —, il ferait un méchant tout à fait acceptable. Parfois, il était presque mignonnet, *bonitillo*, ce qui est un excellent euphémisme havanais. Il parlait avec une onction aussi trompeuse que son sourire pour quiconque ne le connaissait pas. Tout ce déploiement de démarche ondulante, de main alanguie et de sourires était le meilleur des camouflages. Il n'y avait rien de doux chez ce jeune commissaire. Un jour, un mauvais dramaturge espagnol fit dire à son héros, sur scène, que son héroïne était de soie au-dehors et au-dedans de fer, et Valle-Inclán, de la salle, cria : « Ce n'est pas une femme, c'est un parapluie. » Mais la phrase avait *ici* un sens. Sauf que, *là*, ce n'était pas une femme, c'était un parapluie. Du moins avait-il autant d'entendement qu'un parapluie pour les choses de l'esprit et il savait comment rester fermé, dur, quand il faisait beau, et s'ouvrir au mauvais temps de l'histoire comme une fleur de soie protectrice. Il était son propre parapluie. Je pensai à Mark Twain, qui dit qu'un banquier est quelqu'un qui vous prête un parapluie quand il fait beau et qui vous le réclame aussitôt qu'il fait mauvais. Je me dis que rien ne ressemble autant à un banquier qu'un commissaire. Et maintenant le parapluie se met à parler, un jour de beau temps politique.

Avant qu'il ne commence son inévitable discours (mot simple qui chez lui se compliquait en mot-valise composé de disque et de cours), je parvins à attraper un garçon. Je ne le relâchai que contre la promesse formelle qu'il m'apporterait un café. Et un cendrier s'il vous plaît. Lui, il ne prenait rien. Si, pardon, un moment s'il vous plaît. Une eau minérale. Bien froide. Sans glace. En public, sa virtuosité devenait du virtuosisme. Ni alcool ni sexe. De l'eau minérale et des bonnes manières. Tout le monde disait qu'en privé, c'était autre chose. Mais je crois que je commets trop d'insinuations. Soyons direct. Mon hôte ne buvait ni peu ni beaucoup, il n'entretenait pas non plus de maîtresses, comme tant de ministres et de *comandantes*. Son seul vice privé aurait été une espèce de bénédiction de la nature pour André Gide ou un providentiel carnet de bal pour Marcel Proust, ou le signe d'un esprit supérieur — le dandy de l'amour — pour Oscar Fingal O'Flahertie Wills Wilde. Mon invité aimait (et aime encore) les garçons. C'est là un secret cubain proclamé, au point que son vice privé devenait presque une vertu publique dans certains cercles pas si hermétiques que ça. Nestor Almendros, en connaisseur, le surnomma le Dahlia. Ce sobriquet de foutriquet lui servit de carte de visite.

— Je te cherchais.

Il parlait correctement, lui, et parfois même un peu trop.

— Moi ?

— Oui, toi, *coquin*. Je t'ai fait passer des messages par tout, tout, tout le monde.

— Je ne les ai pas reçus.

— Tu les as eu reçus,

Il adorait les temps composés.

— mais, comme toujours,

Et les virgules.

— tu préfères m'éviter, espèce d'évasif, parce que

Il s'arrêta et laissa son mot en suspens. Je profitai de cette pause pour regarder une femme déjà mûre (une femme mûre pour moi est presque une adolescente pour Balzac : cette femme était *une femme de trente ans**) qui était une habituée. Elle venait tous les soirs à El Carmelo avec son mari, un médecin ou un coiffeur à l'allure scientifique. Ils s'asseyaient à part, mais au bout d'un petit moment il y avait un groupe d'hommes qui arrivaient et qui l'entouraient, elle, et qui riaient avec elle, et, parfois, bavardaient avec lui. J'aimais son rire, son beau visage, ses jambes bien faites, un peu grosses, mais j'aimais par-dessus tout sa totale générosité : son rire, son charme, son corps, qu'elle exhibait à l'univers entier. Il m'arrivait d'éprouver un peu de peine pour son mari, mais parfois seulement. J'en vins à penser que Maupassant aurait aimé ce couple, bien qu'elle lui eût peut-être plu davantage que lui. Je pensai aussi ce jour-là, ou peut-être un autre jour, que Tchekhov ne les aurait aimés ni l'un ni l'autre, et qu'il aurait plu, lui, à Hemingway (au jeune H) comme héros autobiographique.

— Pourquoi ?

— Parce que

Il fit une nouvelle pause — ou était-ce la même, renouvelée ?

— tu as peur de moi.

— De toi ?

Je faillis éclater de rire. J'en fus empêché par l'arrivée de deux jumelles plus belles l'une que l'autre. Je ne me mis pas à rire car je commençai aussitôt à me demander comment je pourrais m'y prendre pour les épouser toutes les deux. Je regrettai qu'elles ne fussent pas siamoises. Enga et Chana, inséparables avec leur cartilage commun, et unies à moi par le tissu spirituel du sacrement sacré — et quelque chose d'autre. Peut-on se marier à l'église avec des sœurs siamoises ?

— Non, pas de moi. De ce que je représente.

Il y a peut-être une dispense. Les siamoises ont-elles des âmes jumelles ?

— Et qu'est-ce que tu représentes ?

— Mon immodestie m'interdit de le dire.

Il sourit.

— Ça, c'est de moi.

— Je savais que tu allais dire ça. Bon, ce n'est pas à *moi* de le dire.

— Je ne le dirai *pas* non plus.

— Disons mes idées, ce pour quoi je lutte.

— Pour quoi est-ce que *tu* luttes ?

— Pour que des hommes comme toi soient de mon côté.

Je crois que mes amis avaient peut-être raison, qu'avec un petit effort (et des émollients, dirait Sergio Rigol, en terminant d'exprimer sa pensée en français : « À quoi bon la force si la vaseline suffit ? ») je me serais épargné plus d'un ennui futur. Mais mon antagoniste se corrigeait. L'autocritique atteint aussi la grammaire.

— Je veux dire de notre côté. Nous avons besoin de ton intelligence.

Je le regardai en face. J'ai l'habitude de regarder de chaque côté des gens qui parlent avec moi, coutume que l'ambiance d'aujourd'hui justifie. Mais je m'arrangeai pour le regarder dans les yeux.

— Mais vous n'avez pas besoin de toute ma personne. Uniquement de mon intelligence. Le docteur Frankenstein était plus matérialiste : il ne voulait que le cerveau.

Il sourit mais baissa les yeux. Il sourit de nouveau. Voilà un parapluie qui sait sourire. Même s'il sourit froidement. Serait-ce un de ces esprits froids dont Machiavel disait qu'ils domineraient le monde ? Staline devait lui aussi être un esprit froid avant de devenir une momie glacée. Conquérir le monde. Tout ce qu'un homme arrive à conquérir, c'est quelques empans de terre. Dominer la terre. Je préfère conquérir quelques empans de femme. Et après, qu'on m'incinère et qu'on répande mes cendres tout autour d'un nombril.

— Je sais et toi aussi tu le sais que nous ne sommes pas d'accord sur beaucoup de choses.

Il peut le dire.

— Ce que tu ne sais pas, c'est que nous pouvons l'être sur d'autres.

— Comme quoi, par exemple ?

— Tu ne représentes pas la seule politique culturelle de la Révolution.

Je regardai autour de moi pour voir s'il n'était pas entré d'autre ambroisie. Aucune vedette en vue mais la rade est toujours pleine.

— Je ne représente *aucune* politique. Et encore moins ce monstre mythologique dont tu parles.

Il tissa une de ses mains avec l'autre et posa cette trame digitale sur la table. Pendant qu'il les tissait et détissait, je regardai ses mains. Une araignée de phalanges. Ou Pénélope *by night*.

— Le magazine donne l'*impression* de récupérer la culture révolutionnaire pour lui tout seul, ce cher petit journal.

Avant que je me demande pourquoi certains termes affectueux peuvent paraître si menaçants, il faut que je dise qu'il faisait allusion à un supplément littéraire que nous éditions à plusieurs amis et qui n'était à l'époque qu'un hebdomadaire grossier, composé durant les heures de loisir et de sommeil, à l'aube, rapidement, sans aucun métier, et avec une technique d'amateurs (en dépit de l'aide typographique d'un atelier spécialisé et de tout l'appareil de distribution du journal officiel qui l'enveloppait tous les lundis et l'introduisait presque en contrebande dans les palais et les cabanes tout comme à La Cabana et au Palais), *medley*, bric-à-brac ou pot-pourri que le temps convertirait en pièce à conviction historique.

— Le magazine récupère *toute* la culture pour lui parce que pour lui la culture est un *tout*.

Je n'avais pas envie de parler, parole. Je n'avais pas envie de dire la moindre parole. J'avais envie de fumer le mégot de mon cigare dégradé en paix, de regarder les filles, les jeunes et les mûres : les femmes, et de continuer à lire et à relire les six phrases de Connolly comme une anthologie jusqu'à ce que j'en sache toutes les lettres par cœur. Chaque trait. Sans jambages ou avec. Pour comble, mon cigare s'éteignait tout le temps. Je le rallumai et faillis me brûler un doigt en voyant la femme qui venait d'entrer. Avec celle-là, sûr qu'il fallait que je me marie — et je renonce à la décrire. Je ne serai pas un roi Candaule ni candide pour la Sûreté. Je dirai seulement, en guise de repère sensuel, que si on greffait sur le corps de Kim Novak la tête de Tatiana Samoilova, Goldwyn Lyssenko n'en obtiendrait pas pour autant ce monstre délicat. Je regardai tout son corps dans chacun de ses mouvements et regrettai de n'avoir pas le fusil de Marey pour tirer et la fixer dans un souvenir photographique. Elle disparut dans le néant. Un harem à jamais perdu. (Pour compléter le tableau, je la vis venir plus tard avec un énorme mulâtre mou qui avait l'air d'un eunuque perpétuellement en rut.)

— Sais-tu qu'un jour ( ) m'a reproché d'avoir écrit que je préférais les mulâtresses à la crème glacée ?

Entre les parenthèses, j'insérai le nom d'une

idéologue du parti. Le « parti », c'était ce qui commençait à devenir le Parti.

Il parut surpris ou ennuyé.

— Pourquoi ? Qu'est-ce qu'elle a dit ? Raconte.

Cela l'intéressait de connaître l'opinion de cette femme qui parlait aussi mal de lui que de moi, quoique pour des raisons qui pourraient vivre aux antipodes. Si les raisons vivaient. Curieusement, cette dame, ou cette demoiselle, était une lesbienne connue de tout le continent politique et l'une des histoires du Parti, presque une légende, avait pour sujet sa relation géométrique avec un piano, une beauté mexicaine dépravée et la musique de Ravel. Je ne raconterai pas l'anecdote en entier, non par excès de pudeur mais par manque de place. Mais j'ajoute le thème au sujet et je le dis pour le plaisir et le divertissement des connaisseurs que pendant que notre Ana Pauker touchait (il ne faut jamais dire *jouer* ni *play*) passionnément son piano, la beauté indienne, assise nue sur le Steinway ou le Pleyel, tenait la partition entre ses jambes. C'était les parties de piano du *Concerto pour la main gauche*.

— Elle a dit que c'était mettre la femme en position d'objet.

— Elle a dit ça comme ça, objet ?

— Non, elle a dit quelque chose comme fruit, ou glace. Elle sait se faire entendre des masses.

— Et toi, qu'est-ce que tu as dit ?

— Qu'il valait mieux faire de la femme un fruit qu'un pupitre.

Il rit pour la première fois de la soirée. Son rire était bruyant, comme oxydé, et il avait quelque chose d'autre, un son alternatif, une grimace de souris. Mais pas au sens où l'aurait compris Walt Disney.

— Pour revenir à notre affaire. Pour qui fais-tu le magazine ?

— Pour moi.

— Sérieusement. Sans boutade.

— Sérieusement, pour moi.

— Tu vois, c'est en ça que je ne suis pas d'accord avec vous.

— Ne dis pas avec vous, dis avec moi. Je ne suis pas un collectif.

— Oui, avec toi, avec vous, parce que vous êtes une clique.

— Clique et claque.

— Tu peux bien rire et faire des jeux de mots.

C'était la deuxième personne qui me disait ça de la soirée. J'attendrais le troisième homme, puisque jamais deux sans trois.

— Je suis très sérieux, je te préviens.

— Je sais. Ton histoire a le sérieux d'un mausolée sur la place Rose, vu qu'à Cuba il ne peut y avoir de place Rouge. Tout est plus doux sous les tropiques, c'est bien connu. Savais-tu que toutes les cendres sont grises ? Il n'y a pas de cendres rouges. Les cendres humaines, je veux dire. Pas même de cendres roses. De quelle couleur pouvaient être les cendres de Rosa Luxemburg ? Je sais que celles de Marx sont noires. Celles de Groucho, veux-je dire. De son havane, cigare de marque ou ordinaire.

Il était tout pâle et je compris qu'il se retenait. Je me retins moi aussi. Frein à main. Ma main.

Les siennes n'arrêtaient pas de tortiller sa cravate. Il en leva une. Un garçon approcha. Il commanda une autre eau minérale. J'en profitai pour demander un autre café et un autre cigare. Et un autre cendrier, s'il vous plaît. Il me regarda. Comment lui jurer que je ne l'avais pas fait exprès ? Ma foi, le cendrier était plein. *Honest*.

Pendant que le garçon s'en allait, revenait, que je buvais une gorgée de café et que j'allumais mon cigare, il ne prononça pas un mot. Je m'en réjouis, car entrèrent alors six ou sept femmes, les unes en groupe, les autres seules, et je décidai de faire un de ces mariages de masse qui étaient à la mode. Le seul problème était de convaincre le ministre de la Justice de mon essence collective. Sept Femmes, acceptez-vous pour époux le *compañero* Clique ? Ouiouiouiouiouiouioui. Ah, c'est une grande religion que la religion mahométane. J'aurais dû naître en Arabia Felix ou en Arabia Petrea — Deserta, même. Mais est-ce que ce Lawrence d'Arabie socialiste n'irait pas jusque là-bas ? Lawrence le rabique. Le fascinant aussi. Parce que en plus de l'histoire de la pédérastie, d'autres histoires coexistaient chez mon interlocuteur : (on disait) que c'était ou que ç'avait été un étudiant brillant, courageux et consciencieux, un communiste énergique, devenu phtisique à force de lutter pour la Cause du Prolétariat, un perpétuel prisonnier de la Tyrannie, un irrécupérable lâche, un saint de la Révolution, un transfuge qui utilisait les organisations révolutionnaires comme des vases communicants, un exilé laborieux et tenace, dont la seule préoccupation durant l'exil était de lutter pour le triomphe de l'Insurrection, un fugitif et par conséquent un expulsé virtuel du Parti, un membre du gouvernement en exil, un des rédacteurs de la Loi de Réforme Agraire, un conseiller du président, du Premier ministre et de je ne sais combien de *comandantes* et de leaders politiques, un agent de la Sûreté et un indicateur du ministre de l'Intérieur, un cadre culturel, intime des chefs de l'armée, de la police et de la marine, favori des Femmes de la Révolution, un entremetteur du vice-Premier ministre et ministre des Forces Armées Révolutionnaires, un possible législateur de la Nouvelle Constitution et peut-être le premier ministre de la Culture Révolutionnaire de Cuba. Tant d'histoires, et peut-être bien toutes vraies.

Je pensai à Caligula. N'était-ce pas lui qui disait qu'il aurait voulu que tous les Romains n'eussent qu'une seule tête, etc. ? Comme un Caligula du sexe, je me dis que j'aurais aimé que toutes les femmes de El Carmelo (ce qui revenait à dire, alors, de Rome ou du monde) n'aient qu'un seul vagin, unique, accueillant et tiède où je puisse m'installer pour passer la meilleure des nuits, etc. La réalité totalitaire me tira de mon rêve totalitaire.

— Vous défendez l'art abstrait à outrance.

Il prononçait akstrait. Mais moi je m'étais abstrait.

— Moi, personnellement, je ne suis pas contre l'art abstrait. Il ne me gêne absolument pas. Mais vous devez reconnaître que la peinture abstractionniste a connu son essor à Cuba dans les moments de plus forte pénétration des forces impérialistes, essor qui coïncida, et pas par goût, avec les pires années de la tyrannie batistienne. La peinture abstraite, cette littérature que vous divulguez, la littérature biknik (*sic*), la poésie hermétique, le formalisme, le jazz : tout ça, comme la prostitution de la musique populaire et du fokl (*sic*) et du langage doit être attribué à l'abominable influence de l'impérialisme.

— Les pratiques malthusiennes aussi ?

— Comment ?

— Oui. C'est à l'époque de la pénétration impérialiste la plus violente qu'ont été introduits ici les condoms, et vers la fin, les diaphragmes. Ou si tu veux que je te le dise avec des euphémismes, les préservatifs et les pessaires. Tout le mal nous vient du « Nord tempétueux et brutal qui nous méprise ». Y compris le froid.

Son éternel sourire n'avait rien à voir avec le sens de l'humour. À ce moment moins que jamais.

— On ne peut pas parler avec toi.

Je sentis un frisson. Non dans le dos mais dans l'épididyme. Mon Dieu, la femme qui vient juste d'entrer. J'eus également des sueurs froides et peut-être même un vertige. Il m'était arrivé d'éprouver la même chose dans mon enfance, un jour que j'étais entré soudain et sans faire attention dans un magasin de jouets la semaine de Noël. Mon Dieu ! Le véritable supplice de Tantale, ce serait d'être condamné à être eunuque dans un harem.

— Je te le dis sérieusement. Mais c'est vrai qu'on ne peut pas parler avec moi. Je vais te le démontrer. Après, prends-moi pour un axiome. Sais-tu quand le *danzón* a eu son apogée ?

Il ne répondit pas avant de s'assurer que je ne plaisantais pas. Il commença par se racler la gorge.

— Bien sûr. Fin du siècle dernier, début de celui-ci, à peu près jusqu'aux années vingt.

Il me regarda d'un air intéressé. Aujourd'hui encore je pense qu'il voulait vraiment parvenir à un accord, momentané du moins.

— Exact.

Il prononça tous les k de exact, même dans l'x.

— Et le *son* ?

— Il coïncide avec les luttes républicaines et son apogée correspond à la chute de Machado.

— Bien. Au mambo maintenant.

On aurait dit un concours de danse. Dommage que ce ne fût pas un *beauty contest*.

— Musique très pénétrée par l'influence yankee, qu'on le veuille ou pas.

De deux, aurais-je ajouté dans une autre circonstance.

— Par le jazz ? D'accord.

— C'est la même chose. Tu le dis d'une façon. Moi d'une autre.

— Et alors ?

— Le mambo correspond exactement à l'époque de relâchement, de vol et de concussion de Grau et de Prío.

Tout allait bien. Lui-même ne le savait pas. Il ne le soupçonnait même pas.

— Nous en arrivons au cha-cha-cha.

Quand nous en arrivâmes au cha-cha-cha, je regardai du côté de la grande mulâtresse qui était entrée quelque temps plus tôt et qui se levait maintenant pour s'en aller. Elle resta une fraction de seconde (le temps que dure le bonheur, quoi qu'en dise le Tao) mi-assise mi-debout, presque me tournant le dos, et si je ne pensai pas à Ingres c'est parce que cette odalisque-là était vivante et que sa chair n'avait rien du marbre mais beaucoup de quelque chose de nécessairement comestible. Ambroisie. Embrase-moi. Pourquoi pas de buvable ? Nectar. Liqueur non spiritueuse, mais avec du corps. Que des canéphores pubères me fassent l'offrande de leur charme *mais* que sur ma tombe — je pensai qu'il n'y a pas de plaisir plus grand que de savoir que les femmes existent — on ne répande pas des fleurs mais le sourire de leurs grandes lèvres — car savoir qu'en mourant je les laisse derrière moi fera qu'il ne pourra y avoir de repos dans ma tombe — Fleur de Lotus, Honey. Panide, Pan moi-même, ourso-buco, bouc émissaire de la connaissance charnelle. Je sais seulement qu'ici, dans son existence considérée comme parangon, la beauté, le plaisir esthétique, l'œuvre d'art de la nature — si on me permet de parler comme ça, mais je ne crois pas que qui que ce soit puisse me l'interdire désormais, parce que celui qui n'a pas parlé tout de suite n'a qu'à se taire à tout jamais jusqu'à ce que la mort nous sépare —, sa jouissance se change en quelque chose de réel, de vrai, qu'on peut connaître avec tous les sens, pas seulement avec l'esprit, et qu'on peut en même temps prendre, qu'on peut s'approprier, en arrivant à la possession, qui est appréhension totale, tandis que le plaisir esthétique se change en plaisir sensuel, matériel, de la nature, et, par sa constance, également de l'histoire — en une allégresse de la chair et de l'esprit parce qu'elle comble et engendre tous ces besoins dont elle est aussi la source. Je me demandai si quelqu'un avait pensé à tout cela ces derniers temps. Je me répondis que l'Archiprêtre de Hita l'avait peut-être fait.

— Et alors, le cha-cha-cha ?

Je sautai du XIVe siècle et de ses dames à notre table. Je regardai mon interviewé. Il était tendu en posant sa question. Ou peut-être indisposé par toute cette eau minérale.

— "C'est une danse comme il n'y en a pas deux."

Je le lui dis en chantant le fameux cha-cha-cha qui dit ça. Je fus tenté de lui chanter un cha-cha *medley*, mais je ne le fis pas car je regardai la table heureuse. *Ma contrebasse d'Ingres** était partie.

— *Sérieusement*.

— Sérieusement, c'est une danse terriblement populaire partout.

— D'accord.

Nous ne le serions plus très longtemps.

— Eh bien, cette danse populaire, faite par le peuple, pour le peuple, du peuple, cette espèce de Lincoln de la danse qui libère les Noirs et fait bouger les Blancs, est née aux environs de 1952, année fatale où Batista fit un de ses trois coups d'État. Le dernier, pour être exact.

— Et alors ?

De plus en plus parapluie. Il ne comprenait rien à rien.

— Cette danse nationale, nègre, populaire, etc., a eu non seulement le malheur de naître au moment de la dictature de Batista, époque de la plus grande pénétration, etc., mais elle a connu son apogée brillant au temps où Batista avait lui aussi sinon son apogée, du moins pas son périgée, et où il brillait encore de tout l'éclat de trois étoiles de première magnitude.

Alors il vit. Enfin il vit. Il vit, voui. Il resta muet. Mais moi, non.

— Tu dois maintenant me demander ce que je veux dire, pour que je puisse te répondre que le cha-cha-cha, comme l'art abstrait, comme la "littérature que nous faisons, nous", comme la poésie hermétique, comme le jazz, comme tout art, est coupable. Pourquoi ? Parce que Cuba est socialiste, a été déclaré socialiste par décret, et que dans le socialisme l'homme est toujours coupable. Théorie de l'éternel retour de la faute — nous avons commencé par le péché originel et nous finissons dans le péché total.

Je m'arrêtai, non par prudence mais par euphonie. Ma dernière phrase avait plutôt été nous binissons dans le béché dodal. Le rhume venait de s'emparer de mon appareil respiratoire. Appar. Je regardai Connolly, la couverture dont ma serviette cachait les lettres *Un* et *G. Quiet rave*. Livre très sage, même en cas d'accident. Je regardai le garçon, je regardai le commissaire. Ni l'un ni l'autre ne me regardaient. Le garçon attendait un pourboire à venir, en alerte, presque sur la pointe des pieds : dansant au son des pièces de monnaie.

Le commissaire, le parapluie, Lorenzo de Cuba parut s'effondrer. Mais il n'en fut rien. Je ne sus rien ce soir-là, mais six mois plus tard, quand ses machinations politiques, son habileté dans les réunions, son aptitude florentine à l'intrigue et le bouillon de culture du régime multiplièrent leurs fac-similés par mitose léniniste, et qu'ils eurent la peau du magazine et l'os de bien d'autres choses encore, parmi lesquelles l'espérance, dans un passage du concret à l'abstrait qui n'aurait peut-être pas réjoui Marx mais qui aurait rendu Hegel heureux. Pour en revenir à cette soirée, à ce moment précis, je parus moi aussi effondré et je me conduisis comme quelqu'un de démoli. Non pas par le rhume ni le rhum, mais à cause du roman rose que tout le monde commença à se raconter quand entra la plus belle, la plus élégante et la plus mystérieuse femme et que tous se mirent à la regarder, mais elle ne regarda personne sauf moi en ébauchant son sourire enchanté qui m'enchanta. En chantant un cha-cha-cha. J'aurais dû lui demander de se marier avec moi. Mais je restai assis en souhaitant que ce ne soit pas vrai, que ce ne soit pas Elle, que ce soit un mirage du harem. Je ne voulais pas que cela arrivât — parce qu'elle était l'amour. Dois-je dire qu'elle subjugua tout et le reste ?

Épilogue

Les trois histoires que vous venez de lire se fondent ou semblent se fondre pour partager le même espace en même temps : un restaurant havanais à la fin des années cinquante — dont le nom varie suivant la répétition des anecdotes. Il s'agit, semble-t-il, d'une situation (ou position) portée à la limite d'un *obbligato* où le narrateur de la dernière histoire assure la partie chantée, dans une harmonie toujours à deux voix, avec la protagoniste, avec les divers visiteurs de la nuit. En même temps la narration semble changer de voix et le troisième récit est écrit à une insolite première personne afin d'accentuer son ascendant : celui de l'homme, de sa voix. L'héroïne, parce que c'est une héroïne, presque une drogue, change à peine car elle, pour Pâris, est toujours Hélène. Mais le narrateur ultime est plutôt Faust que Pâris, non seulement en raison de sa soif de savoir, rassasiée à peine par le petit volume qu'il tient toujours entre ses mains. (Qu'il lit, sinon comme le livre de sa vie, à la façon d'Hamlet selon Mallarmé, et qui est, parce que livre, *fons et origo* d'une précaire théorie de la connaissance.) Mais parce qu'il peut venir de cette aire de la culture qui intéresse tant le personnage et qui lui permet de faire un jeu d'analogies dangereux — et par là même excitant. (Lire de nouveau les dernières pages.)

Il aurait été facile, vraiment, de transposer le récit final de la première personne à la troisième (l'une et l'autre, assurément, personnes du singulier) et tout mon livre aurait eu plus de cohérence narrative. Mais je voulais que vous le lisiez comme une modulation. C'est-à-dire comme des « digressions du ton principal » selon une théorie musicale. La musique cubaine est pleine de modulations qui veulent être des contradictions ou des contrastes de la clé, visible ou invisible, qui indique le rythme. Le pas (et le poids) du rituel de la *santería* dans la première histoire, qui entraîne avec lui le récit et les protagonistes, résonne ou doit résonner dans la seconde histoire comme un boléro, une chanson au rythme à peine perceptible par la charge littéraire de ses paroles. Le troisième récit culmine sur « cette danse comme il n'y en a pas deux ». C'est-à-dire le cha-cha-cha.

G.C.I.

Trois en un 11

Dans le grand ecbó 15
Une femme qui se noie 37
Coupable d'avoir dansé le cha-cha-cha 55

Épilogue 99

COLLECTION FOLIO 2€

Dernières parutions

4520. Madame de Genlis	*La femme auteur*
4521. Elsa Triolet	*Les amants d'Avignon*
4522. George Sand	*Pauline*
4549. Amaru	*La Centurie. Poèmes amoureux de l'Inde ancienne*
4550. Collectif	*«Mon cher Papa...» Des écrivains et leur père*
4551. Joris-Karl Huysmans	*Sac au dos* suivi d'*À vau l'eau*
4552. Marc Aurèle	*Pensées. Livres VII-XII*
4553. Valery Larbaud	*Mon plus secret conseil...*
4554. Henry Miller	*Lire aux cabinets* précédé d'*Ils étaient vivants et ils m'ont parlé*
4555. Alfred de Musset	*Emmeline* suivi de *Croisilles*
4556. Irène Némirovsky	*Ida* suivi de *La comédie bourgeoise*
4557. Rainer Maria Rilke	*Au fil de la vie. Nouvelles et esquisses*
4558. Edgar Allan Poe	*Petite discussion avec une momie* et autres histoires extraordinaires
4596. Michel Embareck	*Le temps des citrons*
4597. David Shahar	*La moustache du pape* et autres nouvelles
4598. Mark Twain	*Un majestueux fossile littéraire* et autres nouvelles
4618. Stéphane Audeguy	*Petit éloge de la douceur*
4619. Éric Fottorino	*Petit éloge de la bicyclette*
4620. Valentine Goby	*Petit éloge des grandes villes*
4621. Gaëlle Obiégly	*Petit éloge de la jalousie*
4622. Pierre Pelot	*Petit éloge de l'enfance*
4639. Benjamin Constant	*Le cahier rouge*
4640. Carlos Fuentes	*La Desdichada*

4641. Richard Wright — *L'homme qui a vu l'inondation* suivi de *Là-bas, près de la rivière*
4665. Cicéron — *«Le bonheur dépend de l'âme seule». Livre V des «Tusculanes»*
4666. Collectif — *Le pavillon des Parfums-Réunis* et autres nouvelles chinoises des Ming
4667. Thomas Day — *L'automate de Nuremberg*
4668. Lafcadio Hearn — *Ma première journée en Orient* suivi de *Kizuki, le sanctuaire le plus ancien du Japon*
4669. Simone de Beauvoir — *La femme indépendante*
4670. Rudyard Kipling — *Une vie gaspillée* et autres nouvelles
4671. D. H. Lawrence — *L'épine dans la chair* et autres nouvelles
4672. Luigi Pirandello — *Eau amère* et autres nouvelles
4673. Jules Verne — *Les révoltés de la Bounty* suivi de *Maître Zacharius*
4674. Anne Wiazemsky — *L'île*
4708. Isabelle de Charrière — *Sir Walter Finch et son fils William*
4709. Madame d'Aulnoy — *La Princesse Belle Étoile et le prince Chéri*
4710. Isabelle Eberhardt — *Amours nomades. Nouvelles choisies*
4711. Flora Tristan — *Promenades dans Londres. Extraits*
4737. Joseph Conrad — *Le retour*
4738. Roald Dahl — *Le chien de Claude*
4739. Fiodor Dostoïevski — *La femme d'un autre et le mari sous le lit. Une aventure peu ordinaire*
4740. Ernest Hemingway — *La capitale du monde* suivi de *L'heure triomphale de Francis Macomber*

4741. H. P. Lovecraft — *Celui qui chuchotait dans les ténèbres*
4742. Gérard de Nerval — *Pandora* et autres nouvelles
4743. Juan Carlos Onetti — *À une tombe anonyme*
4744. Robert Louis Stevenson — *La chaussée des Merry Men*
4745. Henry David Thoreau — *«Je vivais seul dans les bois»*
4746. Michel Tournier — *L'aire du muguet* précédé de *La jeune fille et la mort*
4781. Collectif — *Sur le zinc. Au café des écrivains*
4782. Francis Scott Fitzgerald — *L'étrange histoire de Benjamin Button* suivi de *La lie du bonheur*
4783. Lao She — *Le nouvel inspecteur* suivi de *Le croissant de lune*
4784. Guy de Maupassant — *Apparition* et autres contes de l'étrange
4785. D. A. F. de Sade — *Eugénie de Franval. Nouvelle tragique*
4786. Patrick Amine — *Petit éloge de la colère*
4787. Élisabeth Barillé — *Petit éloge du sensible*
4788. Didier Daeninckx — *Petit éloge des faits divers*
4789. Nathalie Kuperman — *Petit éloge de la haine*
4790. Marcel Proust — *La fin de la jalousie* et autres nouvelles
4839. Julian Barnes — *À jamais* et autres nouvelles
4840. John Cheever — *Une Américaine instruite* précédé d'*Adieu, mon frère*
4841. Collectif — *«Que je vous aime, que je t'aime!» Les plus belles déclarations d'amour*
4842. André Gide — *Souvenirs de la cour d'assises*
4843. Jean Giono — *Notes sur l'affaire Dominici* suivi d'*Essai sur le caractère des personnages*
4844. Jean de La Fontaine — *Comment l'esprit vient aux filles* et autres contes libertins
4845. Yukio Mishima — *Papillon* suivi de *La lionne*

4846. John Steinbeck	*Le meurtre* et autres nouvelles
4847. Anton Tchekhov	*Un royaume de femmes* suivi de *De l'amour*
4848. Voltaire	*L'Affaire du chevalier de La Barre* précédé de *L'Affaire Lally*
4875. Marie d'Agoult	*Premières années (1806-1827)*
4876. Madame de Lafayette	*Histoire de la princesse de Montpensier* et autres nouvelles
4877. Madame Riccoboni	*Histoire de M. le marquis de Cressy*
4878. Madame de Sévigné	*«Je vous écris tous les jours...» Premières lettres à sa fille*
4879. Madame de Staël	*Trois nouvelles*
4911. Karen Blixen	*Saison à Copenhague*
4912. Julio Cortázar	*La porte condamnée* et autres nouvelles fantastiques
4913. Mircea Eliade	*Incognito à Buchenwald...* précédé d'*Adieu!...*
4914. Romain Gary	*Les Trésors de la mer Rouge*
4915. Aldous Huxley	*Le jeune Archimède* précédé de *Les Claxton*
4916. Régis Jauffret	*Ce que c'est que l'amour* et autres microfictions
4917. Joseph Kessel	*Une balle perdue*
4918. Lie-tseu	*Sur le destin* et autres textes
4919. Junichirô Tanizaki	*Le pont flottant des songes*
4920. Oscar Wilde	*Le portrait de Mr. W. H.*
4953. Eva Almassy	*Petit éloge des petites filles*
4954. Franz Bartelt	*Petit éloge de la vie de tous les jours*
4955. Roger Caillois	*Noé* et autres textes
4956. Jacques Casanova	*Madame F.* suivi d'*Henriette*
4957. Henry James	*De Grey, histoire romantique*
4958. Patrick Kéchichian	*Petit éloge du catholicisme*
4959. Michel Lermontov	*La princesse Ligovskoï*
4960. Pierre Péju	*L'idiot de Shanghai* et autres nouvelles

4961. Brina Svit	*Petit éloge de la rupture*
4962. John Updike	*Publicité* et autres nouvelles
5010. Anonyme	*Le petit-fils d'Hercule. Un roman libertin*
5011. Marcel Aymé	*La bonne peinture*
5012. Mikhaïl Boulgakov	*J'ai tué* et autres récits
5013. Sir Arthur Conan Doyle	*L'interprète grec* et autres aventures de Sherlock Holmes
5014. Frank Conroy	*Le cas mystérieux de R.* et autres nouvelles
5015. Sir Arthur Conan Doyle	*Une affaire d'identité* et autres aventures de Sherlock Holmes
5016. Cesare Pavese	*Histoire secrète* et autres nouvelles
5017. Graham Swift	*Le sérail* et autres nouvelles
5018. Rabindranath Tagore	*Aux bords du Gange* et autres nouvelles
5019. Émile Zola	*Pour une nuit d'amour* suivi de *L'inondation*
5060. Anonyme	*L'œil du serpent. Contes folkloriques japonais*
5061. Federico García Lorca	*Romancero gitan* suivi de *Chant funèbre pour Ignacio Sanchez Mejias*
5062. Ray Bradbury	*Le meilleur des mondes possibles* et autres nouvelles
5063. Honoré de Balzac	*La Fausse Maîtresse*
5064. Madame Roland	*Enfance*
5065. Jean-Jacques Rousseau	*« En méditant sur les dispositions de mon âme... »* et autres rêveries, suivi de *Mon portrait*
5066. Comtesse de Ségur	*Ourson*
5067. Marguerite de Valois	*Mémoires. Extraits*
5068. Madame de Villeneuve	*La Belle et la Bête*
5069. Louise de Vilmorin	*Sainte-Unefois*
5120. Hans Christian Andersen	*La Vierge des glaces*
5121. Paul Bowles	*L'éducation de Malika*
5122. Collectif	*Au pied du sapin. Contes de Noël*

5123. Vincent Delecroix	*Petit éloge de l'ironie*
5124. Philip K. Dick	*Petit déjeuner au crépuscule* et autres nouvelles
5125. Jean-Baptiste Gendarme	*Petit éloge des voisins*
5126. Bertrand Leclair	*Petit éloge de la paternité*
5127. Alfred de Musset - George Sand	*« Ô mon George, ma belle maîtresse... » Lettres*
5128. Grégoire Polet	*Petit éloge de la gourmandise*
5129. Paul Verlaine	*L'Obsesseur* précédé d'*Histoires comme ça*
5163. Akutagawa Ryûnosuke	*La vie d'un idiot* précédé d'*Engrenage*
5164. Anonyme	*Saga d'Eiríkr le Rouge* suivi de *Saga des Groenlandais*
5165. Antoine Bello	*Go Ganymède!*
5166. Adelbert von Chamisso	*L'étrange histoire de Peter Schlemihl*
5167. Collectif	*L'art du baiser. Les plus beaux baisers de la littérature*
5168. Guy Goffette	*Les derniers planteurs de fumée*
5169. H.P. Lovecraft	*L'horreur de Dunwich*
5170. Léon Tolstoï	*Le diable*
5184. Alexandre Dumas	*La main droite du sire de Giac* et autres nouvelles
5185. Edith Wharton	*Le miroir* suivi de *Miss Mary Pask*
5231. Théophile Gautier	*La cafetière* et autres contes fantastiques
5232. Claire Messud	*Les Chasseurs*
5233. Dave Eggers	*Du haut de la montagne, une longue descente*
5234. Gustave Flaubert	*Un parfum à sentir ou Les Baladins* suivi de *Passion et vertu*
5235. Carlos Fuentes	*En bonne compagnie* suivi de *La chatte de ma mère*
5236. Ernest Hemingway	*Une drôle de traversée*
5237. Alona Kimhi	*Journal de Berlin*

5238. Lucrèce — *« L'esprit et l'âme se tiennent étroitement unis ». Livre III de « De la nature »*
5239. Kenzaburô Ôé — *Seventeen*
5240. P. G. Wodehouse — *Une partie mixte à trois* et autres nouvelles du green
5347. Honoré de Balzac — *Philosophie de la vie conjugale*
5348. Thomas De Quincey — *Le bras de la vengeance*
5349. Charles Dickens — *L'embranchement de Mugby*
5350. Épictète — *De l'attitude à prendre envers les tyrans*
5351. Marcus Malte — *Mon frère est parti ce matin...*
5352. Vladimir Nabokov — *Natacha* et autres nouvelles
5353. Arthur Conan Doyle — *Un scandale en Bohême* suivi de *Silver Blaze. Deux aventures de Sherlock Holmes*
5354. Jean Rouaud — *Préhistoires*
5355. Mario Soldati — *Le père des orphelins*
5356. Oscar Wilde — *Maximes* et autres textes
5415. Franz Bartelt — *Une sainte fille* et autres nouvelles
5416. Mikhaïl Boulgakov — *Morphine*
5417. Guillermo Cabrera Infante — *Coupable d'avoir dansé le cha-cha-cha*
5418. Collectif — *Jouons avec les mots. Jeux littéraires*
5419. Guy de Maupassant — *Contes au fil de l'eau*
5420. Thomas Hardy — *Les intrus de la Maison Haute* précédé d'un autre conte du Wessex
5421. Mohamed Kacimi — *La confession d'Abraham*
5422. Orhan Pamuk — *Mon père* et autre textes
5423. Jonathan Swift — *Modeste proposition* et autres textes
5424. Sylvain Tesson — *L'éternel retour*

Composition Nord Compo
Impression Novoprint
à Barcelone, le 6 mai 2012
Dépôt légal : mai 2012

ISBN 978-2-07-013623-0/Imprimé en Espagne.

237632